光文社文庫

長編時代小説

始末

吉原裏同心(24)
決定版

佐伯泰英

光　文　社

目次

新吉原廓内図

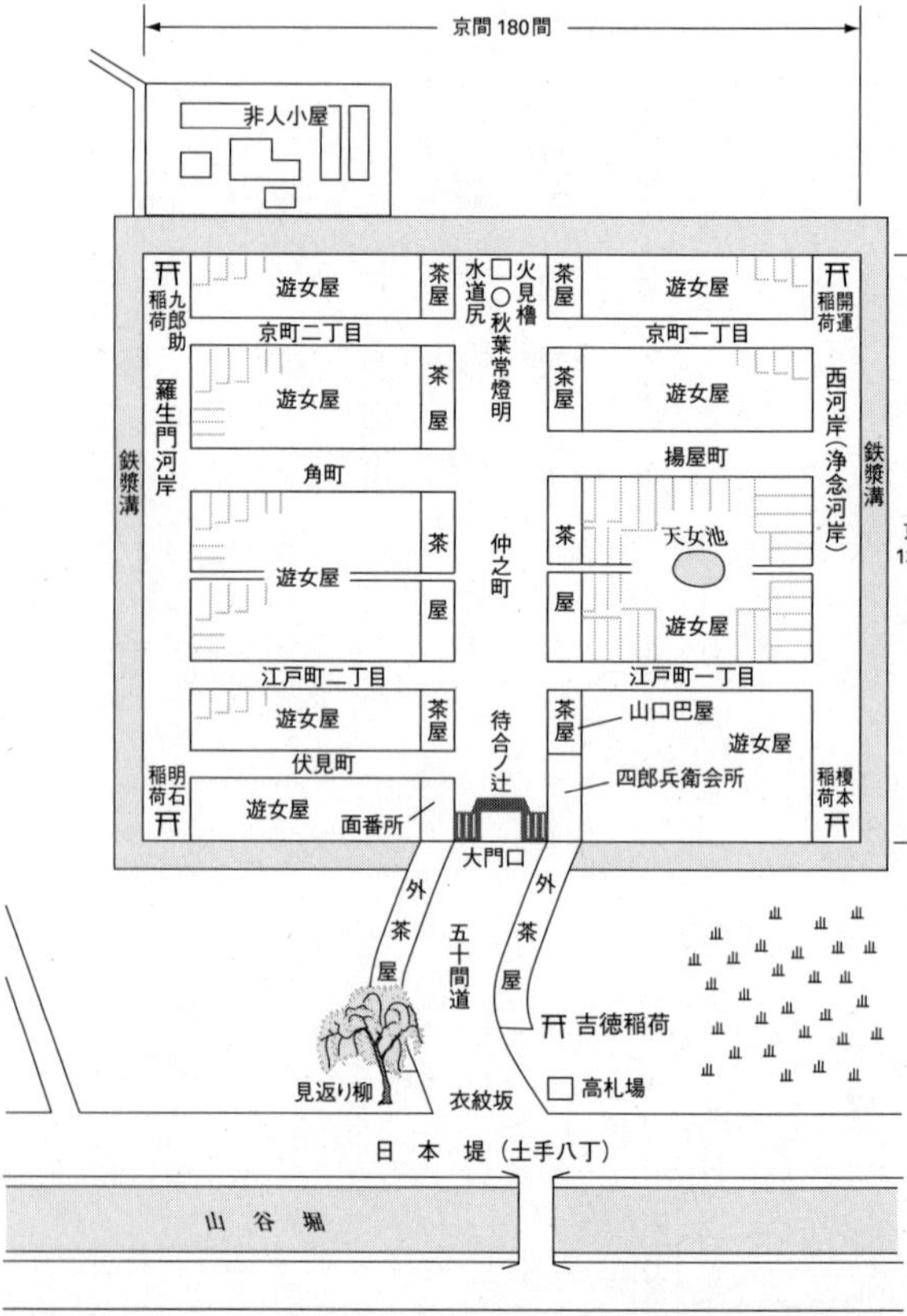
京間180間
非人小屋
稲荷
九郎助
遊女屋
茶屋
水道尻
火見櫓
秋葉常燈明
稲荷
開運
京町二丁目
京町一丁目
羅生門河岸
西河岸（浄念河岸）
鉄漿溝
角町
揚屋町
仲之町
天女池
京間
135間
江戸町二丁目
江戸町一丁目
山口巴屋
待合ノ辻
伏見町
稲荷
明石
四郎兵衛会所
稲荷
榎本
面番所
大門口
外茶屋
五十間道
吉徳稲荷
見返り柳
衣紋坂
高札場
日本堤（土手八丁）
山谷堀

北
東
南
西
鐘ヶ淵
千住大橋
荒川
隅田村
千住道
三河島
田端
日暮里
小塚原
隅田川
寺島村
駒込
谷中
日本堤
金杉上町
新吉原
今戸町
千駄木
白山
下谷
鷲神社
山谷堀
今戸橋
小梅村
東叡山寛永寺
浅草寺
東本願寺
根津権現
御薬園
小石川
本郷
中堂
幡随院
広徳寺
阿部川町
浅草花川戸町
吾妻橋
伝通院
不忍池
新堀川
田原町
竹町ノ渡し
三間町
菊坂町
池之端仲町
下谷広小路
並木町
駒形堂
春日町
湯島天神
御徒町
蔵前
水戸徳川家
北割下水
牛込
森田町
石原町
神田川
神田明神
外神田
御米蔵
向柳原
天王町
神楽坂
牛込御門
小石川御門
水道橋
浅草橋
柳橋
御竹蔵
南割下水
昌平橋
筋違御門
和泉橋
柳原土手
両国広小路
本所
番町
田安御門
俎板橋
雉子橋御門
一ツ橋御門
内神田
馬喰町
両国橋
回向院
市谷
神田橋御門
竪川
市谷御門
清水御門
小伝馬町
今川橋
日本橋
新大橋
常盤橋御門
北町奉行所
小名木川
室町
江戸橋
麹町
江戸城
仙台堀
深川
半蔵御門
呉服橋御門
日本橋
南茅場町
材木町
南町奉行所
西之御丸
永代橋
鍛冶橋御門
組屋敷
八丁堀
京橋
霊岸島
富岡八幡宮
桜田御門
永田町
赤坂御門
数寄屋橋御門
西本願寺
石川島
越中島
山王日枝神社
新橋
築地
佃島
溜池
幸橋御門
汐留橋

『始末』主な登場人物

神守幹次郎……豊後岡藩の馬廻り役だったが、幼馴染で納戸頭の妻になった汀女とともに逐電の後、江戸へ。吉原会所の七代目頭取・四郎兵衛と出会い、剣の腕と人柄を見込まれ、「吉原裏同心」となる。薩摩示現流と眼志流居合の遣い手。

汀女……幹次郎の妻女。豊後岡藩の納戸頭との理不尽な婚姻に苦しんでいたが、幹次郎と逐電、長い流浪の末、吉原へ流れつく。遊女たちの手習いの師匠を務め、また浅草の料理茶屋「山口巴屋」の商いを手伝っている。

四郎兵衛……吉原会所の七代目頭取。吉原の奉行ともいうべき存在で、江戸幕府の許しを得た「御免色里」を司っている。幹次郎と汀女を吉原に迎え入れた後見役。

仙右衛門……吉原会所の番方。四郎兵衛の右腕であり、幹次郎の信頼する友。

玉藻……四郎兵衛の娘。仲之町の引手茶屋「山口巴屋」の女将。

三浦屋四郎左衛門……大見世・三浦屋の楼主。吉原五丁町の総名主にして四郎兵衛の盟友であり、ともに吉原を支える。

薄墨太夫……吉原で人気絶頂、大見世・三浦屋の花魁。吉原炎上の際に幹次郎に助け出され、その後、幹次郎のことを思い続けている。幹次郎の妻・汀女とは姉妹のように親しい。

村崎季光……南町奉行所隠密廻り同心。吉原にある面番所に詰めている。

桑平市松……南町奉行所の定町廻り同心。以前に探索が行き詰まった際、幹次郎と協力し事件を解決に導いた。足で探索をする優秀な同心として知られている。

足田甚吉……豊後岡藩の長屋で幹次郎や汀女と一緒に育った幼馴染。岡藩の中間を辞したあと、吉原に身を寄せ、料理茶屋「山口巴屋」で働いている。

柴田相庵……浅草山谷町にある診療所の医者。お芳の父親ともいえる存在。

お芳……柴田相庵の診療所の助手。幼馴染の仙右衛門と夫婦となった。

正三郎……四郎兵衛に見込まれ、料理茶屋山口巴屋の料理人となった。玉藻の幼馴染。

長吉……吉原会所の若い衆を束ねる小頭。

金次……吉原会所の若い衆。

政吉……吉原会所の息のかかった船宿牡丹屋の老練な船頭。

始末——吉原裏同心（24）

第一章　地廻《じまわ》り

一

吉原《よしわら》でも七草粥《ななくさがゆ》を正月七日に食する。紋日《もんび》ではないが籠《かご》の鳥の遊女たちにとってちょっとした気分転換、変化であり、季節が移ろい、ハレからふだんの日に戻ることを告げる催《もよお》しだった。

浅草寺《せんそうじ》領地、浅草《あさくさ》田町《たまち》二丁目の裏長屋に住む大工の春吉《はるきち》にとって、吉原への訪《おとな》いは、楽しみのひとつであった。

田町二丁目は日本堤《にほんづつみ》（通称土手《どて》八丁《はっちょう》）に面して編笠茶屋《あみがさぢゃや》が並んでおり、その裏手に春吉の棟割《むねわり》長屋はあった。だから、仕事が終わったあとに仕舞い湯を浴びてその足で見返《みかえ》り柳《やなぎ》を横目に衣紋坂《えもんざか》を下ることになる。

むろんこんな能天気な暮らしは、独り者の特権だ。三十間近になっても嫁のなり手がない。親方持ちの大工で、聖天町《しょうでんちょう》に住む棟梁《とうりょう》の稲五郎《いねごろう》の声がかかったときに普請場《ふしんば》に通う。

稲五郎は代々の大工ということもあり、この界隈《かいわい》に得意先を何軒も持っていた。だから大きな普請は滅多にないが、小仕事はそれなりにあり、春吉も独りで生きていく暮らしに十分な稼《かせ》ぎはあった。

年のうちに大きな普請が終わった。半年も続いた長屋の新築仕事で、米屋の家作《かさく》だった。それも終わり、松の内は仕事は休みだ。

この日、春吉はわざわざ五十間道《ごじっけんみち》裏の湯屋に行き、その足で大門《おおもん》を潜《くぐ》った。

正月七日の夕暮れどき、いつも聞く清掻《すががき》が春吉の胸の期待を掻《か》き立てた。とはいえ、湯屋帰りで小見世《こみせ》（総半籬《そうはんまがき》）に揚がる金は懐にない。

大門前には駕籠《かご》が着けられ、客がいそいそと下りて大門を潜っていく。待合《まちあい》ノ辻《つじ》には大勢の客が仲間と待ち合わせているのか、煙草《たばこ》を吸いながら五十間道の方角を見ていた。

仲間はいないかと辺りを見回したがいなかった。その代わり、町奉行所隠密廻《おんみつまわ》りの同心《どうしん》が詰める面番所《めんばんしょ》の前には、珍しくこの刻限まで村崎季光《むらさきとしみつ》同心が仏頂面《ぶっちょうづら》で立っていて、客の顔を漫然《まんぜん》と見ていた。

務めに熱心なのではない。ただ役宅《やくたく》に待つ実母と嫁に顔を合わせたくなくて、面番所から立ち去りかねていただけだ。

面番所の反対側にある吉原会所《かいしょ》の前には、若《わか》い衆《し》の金次《きんじ》と遼太《りょうた》が立っていた。

「おい、金次、裏同心の姿が見えぬな、あやつ、なんぞ企《たくら》みを巡《めぐ》らしているのではないか。会所の上には面番所があることを忘れるな」

村崎が金次に質《ただ》した。

「村崎様、そんなことは百も承知だ。それに神守《かみもり》様がどうしているかなんて、おれだって分かりませんよ。道場かね、それとも風邪でも引いて寝込んでいるかな」

「くそっ、またなんぞ企んでおるに違いない」

「ちえっ、いつも神守様の挙げた手柄《てがら》は、己のものにしているくせに」

と金次が小声でぼそぼそと呟《つぶや》いた。

「なにか言ったか」

「今宵は客が多いと言ったんですよ」

「そうは聞こえなかったたな」

村崎が無精髭《ぶしょうひげ》の顎《あご》を撫《な》でながら答えたところに、春吉が、

「春先たあいいながらいささか寒うございますな。面番所のお役人様」

と言いながら、濡れ手拭いを長半纏《ながばんてん》の肩にかけて大門を潜ってきた。

面番所とも会所の面々とも顔見知りの間柄だ。

「地廻《じまわ》りの春吉か、そのほうが大門を潜ったからといって吉原は一文《もん》の稼ぎにもならぬ。たまには休んだらどうだ」

村崎同心は春吉に遠慮のない言葉をかけた。

地廻りは吉原雀《すずめ》とも呼ばれ、吉原内で仕事をするわけでもなし、また客でもなかった。

吉原界隈に住む男衆《おとこし》の中で、なんとなく吉原をひと廻りしなければ安心して床に就けないという輩《やから》だ。いわば道楽、銭のかからない遊びだ。

「吉原雀としてはね、吉原がどうなっているか確かめるのが日課でしてね。お役人方に迷惑をかけるわけではなし、俗《ぞく》に枯れ木も山の賑わいと言いましょう。吉原通がいて、茶屋待ちをする花魁《おいらん》衆の景気もつくというもんだ」

金次が春吉に味方して言った。

「雪隠《せっちん》大工が大門を潜ってどんな景気がつく」

「おお、おれを雪隠大工と舐《な》めやがったな。おれの腕を承知なのか、棟梁も認めた腕だぞ」

春吉が村崎同心の言葉に嚙《か》みついた。

「村崎様、言葉が過ぎたぜ。いくら地廻りの春吉さんとはいえ、仕事のことを虚《こ》仮《け》にするのはよくないぜ」

「なにっ、金次、そのほう、会所の半人前のくせに南町《みなみまち》奉行所隠密廻り同心に盾突《たてつ》くか」

村崎は金次からも反撃されて顔色を変えた。

「村崎どの、大声を上げてなんぞございましたかな」

神守幹次郎《みきじろう》が春らしい羽織袴で姿を見せ、長閑《のどか》にも声をかけた。

「おお、裏同心どのか。こやつらがわしに盾突きおるのだ」

「五十間道までそなたの喚《わめ》き声が聞こえました。もはや務めは終わっている刻限ではございませんか。八丁堀《はっちょうぼり》の役宅に戻られ、愛しいご新造《しんぞ》どのと差し向かいで酒《ささ》なと呑んではいかがですな。気分も変わりましょうでな」

「そなたの家とは大違いだ。鬼瓦《おにがわら》のような顔の嫁と母がいてわしをないがしろにするのだ。役宅に戻ったところで酒など出るか。どうだ、そなた、わしを柘榴《ざくろ》の家とやらに誘わぬか。汀女《ていじょ》先生の酌で一杯やろうではないか」

「お断わり致します」

「なぜだ」

「それがしは務めがございます。また姉様《あねさま》も料理茶屋の仕事に出ております。家におるのは猛犬の黒介《くろすけ》にございましてな、見知らぬ人がわが家に近づくと俄然《がぜん》張り切ります。村崎どのの足首など黒介の恰好《かっこう》の狙《ねら》い目かもしれませんな」

「わ、わしは、犬は好かぬ」

と村崎が言った。

「おや、お嫌《きら》いでしたか」

幹次郎の家の黒介は、犬ではなく猫だ。だが、これくらい虚言《きょげん》を弄《ろう》しておかなければ村崎同心が本気で訪れるとも知れなかった。

「くそっ、裏同心までわしを小馬鹿《こばか》にしおって」

と吐き捨てた村崎が、

「わしはもう帰る」

と面番所になにかものを取りに戻った。

「えっへっへへ、助かった」

金次が幹次郎に言った。

「いくら地廻りの春吉さんとはいえ、雪隠大工はないぜ」

「それはよくないな。だが、相手は町奉行所のお役人だ。金次、そなたも口には気をつけることだ」

幹次郎が注意し、事の起こりになった地廻りの春吉のほうを見た。

だが、もはや春吉の姿は大門界隈にはなく、一日の締めくくりの習《なら》わしに従って姿を消していた。


春吉の歩き方は、決まっていた。

江戸町《えどちょう》一丁目の木戸門を潜り、両側の張見世《はりみせ》を覗《のぞ》きながら榎本《えのもと》稲荷に柏手《かしわで》を打ち、西河岸《にしがし》（浄念《じょうねん》河岸）に出て、切見世《きりみせ》（局《つぼね》見世）を冷やかしながら京町《きょうまち》一丁目へと入り、小見世ばかりを選んで格子《こうし》の向こうの女郎を遠目に覗く。すると暇を持て余した女郎が、

「おや、地廻りの春さんかえ、わちきの家をおまえさんの腕で建ててくれないかね」

と声をかけてきた。

「南埜《みなみの》さんよ、するとなにかいいことあるかえ」

「わちきがおまえさんの女房になってやるよ」

「楼に借財はないのか、年季《ねんき》は明けたのか」

「借財はたんとありんす、年季は三年残ってござんす」

春吉は盛りの過ぎた南埜とは顔見知りで、声をかけ合う仲だ。

「南埜さん、おれはたった今、面番所の役人に雪隠大工呼ばわりされた男だぜ。おまえさんの家を建てたいし、落籍《ひか》してもあげてえや。だが、先立つものがございません、他を当たるんだな」

「致し方ないね、ない者同士が慰め合ってもさ」

春吉は差し出された煙管《キセル》を一服すると、

「ごちになったな」

と言って格子の奥へと返し、仲之町《なかのちょう》に出る前に京町一丁目の角を見た。

吉原の中でも格式の高い妓楼《ぎろう》の三浦屋《みうらや》の籬《まがき》から灯《あか》りが煌々《こうこう》と漏れていて、綺麗どころが左右に居流れていた。

だが、大抵の地廻りは大見世《おおみせ》（大籬《おお》）を苦手とした。最初《はな》から洟《はな》も引っかけてくれないからだ。さっさと素通りして仲之町を横切り、京町二丁目へと出た。

こちらもあまり春吉が縁のない大見世、中見世《ちゆうみせ》（半籬《はん》）が軒《のき》を連ねる通りだ。

羅生門《らしようもん》河岸に出て、春吉はほっと溜息を漏らした。

九郎助《くろすけ》稲荷の前に、着流しに長半纏の男が立っていた。なにか願いごとをしている様子だ。

（おれと同じ地廻りか）

と思いながら羅生門河岸に身を入れ、なんとなく安心した。

春吉が揚がるのは、銭があるときは角町《すみちよう》の小見世か、さらに格下の羅生門河岸の切見世だ。馴染《なじみ》は格別なく、一度きりの付き合いが多い。

羅生門河岸の中ほどに来たとき、薄闇から、にゅう、と白い腕が差し伸べられて春吉の長半纏の袖先を摑《つか》んだ。

羅生門河岸の路地は狭く、紋日などは客や素見《ひやかし》で混雑した。

そんな折りは、鉄棒《かなぼう》を持った路地番が、

「さあ、まわろまわろ」

と素見を追い立てた。この路地番は吉原会所とは直《じか》に関わりがない。

その宵、素見で混雑していたわけではない。ために路地番も姿が見えなかった。

「やめてくんな、おりゃ、地廻りの春吉だ。遊びたくても銭を持ってねえんだよ」

と応じた春吉が、袖を摑んだ手を払いのけようとした。

「春さんがからっけつなのは承知だよ」

声に覚えがあった。狭い切見世の奥の顔を春吉は確かめた。

「なんだ、角町の出穂楼《しゆっすいろう》にいた伏木《ふしき》さんか」

「ああ、おまえさんもわちきの体の上で極楽《ごくらく》な思いをしたことがあるね」

「極楽かどうか、一度はそんなことがあったな」

「女郎は抱くより見て廻るほうがいいのかえ」

伏木は吉原の川向こうの小梅村《こうめむら》の生まれだったはずだ。器量は並みながら人柄がよく、床上手《とこじょうず》というので一時《いっとき》は大勢の客がついた。

だが、花の盛りは一時だ。間夫《まぶ》に騙《だま》されて借財まみれで羅生門河岸に落ちてきた女だった。

「まあな、そのほうが差し障りがねえや。でえいち銭がかからねえ」

「へーんだ」

「嫌《いや》みを言うためにおれを引き止めたのか」

「違うよ」

と言った伏木が、

「おまえさんの地廻り仲間に瓦職人の葉三郎《ようざぶろう》ってのがいないかえ」

「ああ、川向こうの中ノ郷八軒町《なかのごうはちけんちょう》からわざわざ川を渡って吉原詣《もう》での地廻りに来る男だ、それがどうしたえ」

伏木が長半纏の袖を掴んでいた手を斜め前に差し出した。

「つい最近、羅生門河岸に落ちてきた若い女郎のおこうのことだよ」

「それがどうした、この春公に惚《ほ》れたか」

「馬鹿をお言いでないよ。なんでおまえさんに惚れるんだよ」

「ならばどうした」

「葉三郎がおこうにご執心《しゅうしん》でね、ここんところ三日にあげずおこうのところに来ているよ」

「瓦職人は稼ぎがいいのかねえ、金を貯めているって話だ。だがよ、地廻りが並みの客に落ちてよ、女郎に惚れちまったらもう地廻りじゃねえや」

「私たちはさ、遊びもしない吉原雀より並みの客がいいよ」

「伏木、なにが言いたいんだ」

「一刻《いっとき》(二時間)前から葉三郎が揚がってんだよ」

「おお、野郎、銭を使ってやがるな。一《ひ》ト切《きり》、ちょんの間が河岸見世の常識だ。それを一刻もいるのか、なにしてんだ」

「馬鹿だねえ、吉原の羅生門河岸に来て女郎のところに揚がったんだ。やることはひとつだろうが」

伏木の言葉がだんだんと雑になってきた。

「だけどよ、一刻だぜ」

春吉はおこうの見世を顧《かえり》みた。

羅生門河岸の切見世の間口は四尺五寸（約百三十六センチ）、入口の戸は二尺（約六十一センチ）程度だ。その戸が閉まっていた。

まだ夕暮れどきは寒い。だから、客があれば切見世も戸を閉めるのは当たり前だ。

「おい、一刻もやりっぱなしか」

「女郎を舐めんじゃないよ。半刻《はんとき》（一時間）前から物音ひとつしないのさ。最初はさ、酒でも呑んでいるような声がしていたがね、そのあとが妙に静かなんだよ」

「だから、床に入ってやることをやってんだろうが」

「羅生門河岸だよ、客が揚がって事をなしているときは、なんとなく分かるもんだよ」

「おりゃ、相手が声を上げてくれるのがいい」

「おまえさんの好みを訊いてんじゃないよ」

待てよ、と春吉は思った。

瓦職人の葉三郎は、普請場で何度も会うことがあったし、棟上げ式のときに赤い顔をして、

「おりゃ、酒が弱いんだ」

と漏らしたことがあった。

「葉三郎は、酒は強くないからね。酔っぱらって寝込んでいるんじゃないか」

「おまえさんはとことん馬鹿だよ。なにが地廻りだ、吉原雀だ。羅生門河岸ではやることとやったら、次の客のために早々に客は追い出すんだよ」

「そりゃそうだ。で、おれになにをしろと言うんだ」

「だからさ、おまえさんは大工だろう。心張棒《しんばりぼう》がかってあっても戸くらい開けられるだろ」

「伏木、おまえは戸を開けろとおれに言うのか」

「なんとなく怪しいんでね」

「なにが怪しい」

「おこうには好きな男がいると聞いたことがある」

「間夫か」

「娑婆《しゃば》にいるときに許婚《いいなずけ》だった相手だよ、吉原には客で来てるのかどうなのか分からないけどさ」

「ふーん」

と鼻で返事をした春吉に、

「おまえ、まだ分からないのかえ」

「分かれって、なにをだよ」

「鈍《にぶ》いね。おこうは若い、なぜ切見世で働くんだよ」

「おれに訊《き》かれてもな」

「あほたれが」

「おれがよ、葉三郎、どうしているんだ、とあの戸を開けるほうがよっぽど間抜けだろうが」

「女の勘を信用しな。なにか起こっているよ」

「そうかねえ」

春吉は致し方なく斜め前の切見世に歩み寄り、こつこつと腰高障子《こしだかしょうじ》の縁《ふち》を叩いてみた。だが、内部からはなんの反応も返ってこなかった。人がいる気配がない、そんな感じだ。

春吉もようやく伏木が、

「怪しい」

と言う意味を悟った。

「よし、葉三郎よ、戸を開けるぜ」

春吉が腰高障子の縁と桟《さん》を両手で持ち上げるようにして前後に揺すると心張棒が外れたか、戸が開いた。

狭い土間に履物はなかった。

「おい、伏木、灯りを持ってこねえか。真っ暗だぜ」

春吉はこちらの様子を眺めている切見世女郎に声をかけた。

「灯りがついてないのかえ」

と言いながら伏木は有明行灯《ありあけあんどん》を手にしてきた。

春吉は伏木から行灯を受け取り、おこうの見世に突き出した。

布団は畳んであり、ふだん布団が敷かれていた場所に古びた打掛《うちかけ》が垂《た》れ下がって見えた。

「なんだ、ありゃ」

春吉の言葉に伏木が傍らから顔を突っ込み、春吉の手にした有明行灯のかすかな灯りで見ていたが、

「あ、足だよ」

と押し殺した声を漏らし、尻餅をつくように路地に転がり出た。

春吉は身を竦《すく》めて、見た。

たしかに素足が畳から五寸（約十五センチ）ばかり浮いて見えた。

「た、大変だ、く、首吊りだ」

二

幹次郎は、そのとき、騒ぎとは反対側に当たる西河岸を開運《かいうん》稲荷へと進み、角でお稲荷様に頭を下げて京町一丁目へと入っていた。

宵口の見廻りに出たのだ。

西河岸から京町一丁目に移ると灯りが煌々と点《とも》り、香の匂いが漂っていた。今通ってきた西河岸では厠《かわや》の臭《にお》いや食べ物の饐《す》えた悪臭が溝《どぶ》から這《は》い上がって、極楽と地獄の違いをまざまざと見せつけた。

だが、西河岸の切見世の女郎であれ、京町一丁目の大籬の花魁であれ、

「籠の鳥」

であることに変わりはない。勝手気ままな暮らしは望むべくもないのだ。

京町一丁目と仲之町の角に大楼の三浦屋があった。

大籬の中には明るい灯りがあって、遊女衆が客待ちをしていた。

幹次郎は木戸を潜り、仲之町に出て京町二丁目へと進んだ。すると水道尻《すいどじり》の番小屋の番太が、

「神守の旦那、羅生門河岸で心中《しんじゅう》だとよ、仲間が走っていったぜ」

と教えてくれた。番太は一年前から臨時《りんじ》に雇《やと》われた若い衆で萬〆之輔《よろずしめのすけ》と厄介《やっかい》極《きわ》まる四文字の名だった。

「礼を言う」

そう言い残した幹次郎は京町二丁目を羅生門河岸へと一気に抜け、曲がった。角町とぶつかる手前で提灯《ちょうちん》の灯りがちらちらしていた。

幹次郎はどぶ板を踏み鳴らして急いだ。

切見世の一軒から人が運び出され、路地に置かれた戸板に乗せられるところだった。続いて仙右衛門《せんえもん》が姿を見せた。

「すまぬ、西河岸を見廻っておった」

幹次郎は番方《ばんかた》に詫《わ》びた。

「死人は急ぎゃしませんや」

と答えた仙右衛門の声に苛立《いらだ》ちがあった。

戸板に乗せられた亡骸《なきがら》には夜具が掛けられていた。

金次らが会所へと運んでいく。

本来ならば面番所の役人と医師の検視《けんし》があるのだが、面番所の隠密廻り同心村崎季光はすでに役宅に戻り、医師も直《す》ぐには手配ができないのか、会所に運ぶよう仙右衛門が命じた。死人が出ようと槍《やり》が降ろうと、羅生門河岸では一刻も早く商いに戻らねばならない。非情だが、それが吉原であった。

「番方、心中と聞いたが、もう一体はすでに運んでいったか」

「心中じゃございませんや。人のいい客が女郎の身代わりになって首を吊った体裁をなし、女郎のおこうは髪をばっさりと切った上に客の縞《しま》の袷《あわせ》の上に瓦屋の名入りの長半纏を羽織って男に化け、今ごろは大門の外に出ておりましょうな」と言った。

「なに、切見世の遊女が客を殺して首吊りに見せかけ、客の形《なり》に化けて足抜《あしぬき》をしたというか」

「切見世の裏路地といえば聞こえはいいが、人が横になってやっと通ることができる蜘蛛道《くもみち》以下の狭い抜け道がございます。おこうは入念に準備をしたとみえて、裏の抜け道へと見世から羽目板を外して出て、そこから蜘蛛道のひとつに出て逃げたと思われます」

幹次郎は切見世に落ちた女郎が足抜をするなど、よほどの事情があるのかと推量した。それも客を殺してのことだ。

羅生門河岸や西河岸に落ちた遊女は生きていくことすら諦《あきら》めた者が多い。

なにか理屈に合わない、と幹次郎は思った。

ふたりは角町へと入り、ふうっと息を吐いて足を止めた。

「今考えればおかしな話でございましたよ」

「どこがおかしいのだ」

「おこうですがね、本来伏見町《ふしみちょう》の小見世、五木楼《いつきろう》の女郎でね、二十二と若い。

それがなぜか客の評判が悪く、五木楼では羅生門河岸に鞍替《くらが》えさせた。顔は並みだが、人柄は悪くない。それがどうして羅生門河岸へと落ちたか。迂闊《うかつ》にも事情を訊いていませんのさ」

「番方、そいつを訊くのが先ではないか」

「へえ」

ふたりは角町から伏見町へとくねくねと抜ける蜘蛛道を伝って、五木楼の横手に出た。

幹次郎の覚えているところでは小見世ながらしっかりとした商いで、女郎を過《か》酷《こく》に働かせたり客と揉《も》めごとを起こしたりする楼ではなかった。

「御免《ごめん》よ」

総半籬の傍らの暖簾《のれん》をはねて仙右衛門が土間に入った。するとお人好しの輿之《よの》助《すけ》と呼ばれる番頭《ばんとう》がふたりを迎えた。

「なんですね、会所のお歴々《れきれき》がふたりも揃って」

お人好しなどと異名がつく者が善人であったためしはない。だが、五木楼の輿之助は、

「真のお人好し、人情を知る善人《ぜんにん》番頭」

として知られていた。

「ちょいと内々の話があるんで、番頭さん」

仙右衛門は格子の中の遊女の耳を気にして小声で輿之助に願った。心得た輿之助が離から離れた土間の隅に両人を連れていった。そこには瀬戸物の火鉢《ひばち》に炭が入り、鉄瓶が掛かっていた。

「急いでいるので単刀直入に話を聞く。半年ほど前までこの楼におこうって女がいましたな。ただ今は羅生門河岸に落ちた女だ」

「はい、おりました」

輿之助が困った顔をした。

「気立てもいい、若いおこうをこちらでは、なぜ羅生門河岸に売り飛ばしなさった。こちらの楼にとっても得な取引ではないはずだ」

「全くその通りですよ」

と答えた輿之助が問い返した。

「おこうになにかございましたので」

「番頭さん、そいつはあとで答える。まずはこの楼から羅生門河岸に落ちた曰《いわ》くが知りてえ」

ううーん、と輿之助が唸《うな》った。

「うちの楼は女郎一人ひとりを大事にするので評判です」

「それも承知だ」

「おこうがなにをしました」

「そいつを喋《しゃべ》らなければ羅生門河岸に若くして落ちた経緯《いきさつ》を話せないかえ」

「番方、うちの旦那の気持ちもある。うちじゃ、売られてきた女郎を大事に扱って客を喜ばすように稼がせ、衣装なんぞは努《つと》めて押しつけず、年季が明けるのを待って娑婆に帰すというのが旦那と女将《おかみ》さんの考えだ。だからこそ、女郎は必死で客を喜ばすように努めて、せっせと稼ぎ、借財を返す。うちじゃ女衒《ぜげん》を通さなくとも女は集まります、だからね」

「それも重々承知だ、番頭さん」

話を途中で強引に断ち切った仙右衛門が、

「おこうは客の首を絞めて殺し、首吊りに見せかけ、客の着物に着替えて男の形で大門を抜け出たと思われる」

仙右衛門の言葉に輿之助が、

「そんな馬鹿なことはございません」

と声を荒《あら》らげた。

「冗談を言うほど会所は暇じゃねえぜ。こうして神守様とふたりして雁首《がんくび》揃えての掛け合いだ」

しばし沈黙した番頭の輿之助が、

「驚いた」

と呟き、火鉢の傍《そば》にしゃがみ込んだ。

仙右衛門も腰を落とし、輿之助を間近から見た。

「は、話します。こりゃ、辻褄《つじつま》が合うかもしれません」

「辻褄が合うとはどういうことだね」

「へえ」

と答えた輿之助が、ぼそりぼそりとした口調で話し始めた。なにかを思い出し整理するような話しぶりだったが、途中から口が滑《なめ》らかに回り始めた。

四半刻《しはんとき》（三十分）も話が断続的に続いたか。話が終わったとき、

「分かったぜ、こりゃ、おこうめ、吉原に売られてきたときから考えに考え抜いての足抜だ」

と仙右衛門が言い、

「いったん会所に戻る。もしおこうが売られてきたときの書付《かきつけ》なんぞあれば会所に届けてくれないか」

「承知しました」

「番頭さん、この話は当分おこうの朋輩《ほうばい》には内緒だ」

「番方、旦那にお許しを願わないと書付は出てきませんよ」

「旦那の十《じゅう》右《え》衛門《もん》さんは致し方ないや」

と答えた仙右衛門と幹次郎は五木楼の表戸から伏見町の通りに出た。


吉原の大門は大勢の遊客《ゆうかく》や素見がいて賑やかだった。まだ正月の雰囲気がどことなく残っていた。

ふたりは閉じられた面番所をちらりと見て、吉原会所の腰高障子を開けた。開けると真っ先に、ぶるぶると体を震わす地廻りの春吉の姿が幹次郎の目に映った。

「吉原雀の春吉さんが最初に骸《むくろ》を見つけたんでさ」

と仙右衛門が幹次郎に説明した。

「そなたも地廻りから切見世の客に鞍替えしたか」

「神守の旦那、違いますよ。おこうの見世の斜め前の伏木に、様子を見てくれ、おれの地廻り仲間の葉三郎が入って一刻も出てこないってんで、強引に確かめに行かされて首吊りを見つけたんですよ。おれひとりじゃねえや、伏木もいっしょだ。おれは首吊りなんぞに関わりございませんぜ」

春吉が顔の前で手を激しく横に振った。

「だれもおまえさんを疑ったりしてないや」

「おりゃ、番方、てっきりおこうだと思ったらよ、あの打掛の首吊り、葉三郎だったんだな。おこうはどこへ消えたんだ」

「葉三郎の着ていたものを一式借りて髪をばっさりと総髪に切り、頬被《ほっかむ》りをして男として大門を出たんだろうな」

「ぶっ魂消《たまげ》た。切見世の女郎が足抜だと」

春吉が心から驚いたという顔をした。

「それも人のいい客を殺してだ」

葉三郎の亡骸を囲んだ会所の若い衆の向こうから、検視を引き受けた柴田相庵《しばたそうあん》の声がした。

「瓦職人の葉三郎は職人にしては華奢《きゃしゃ》で色が白いな」

「そうなんです、いつぞや女に扮《ふん》したらよく似合ったと自慢してました」

と春吉が相庵の言葉に答え、若い衆が幹次郎と仙右衛門に見せるため囲みを解いた。

ふたりは柴田相庵と孫弟子の菊田源次郎《きくたげんじろう》の傍らに寄ったが、春吉は遠くに離れた場所にいて葉三郎の骸に近づこうとはしなかった。

「相庵先生、どうですね」

「酒にしびれ薬を入れて呑ませ、酔ってしびれ薬が効いたところをおこうが後ろからしごき紐《ひも》で絞め上げたんだろうな。おこうの背丈はどれほどだ」

「相庵先生よ、女にしては大きくて五尺二寸五分（約百五十九センチ）あったね」

「ということは葉三郎の背丈とおっつかっつだな。体がしびれたところで不意を襲えば女がやれなくもあるまい」

柴田相庵の言葉ははっきりとしていた。秋から冬にかけて一時元気をなくしていたが、体調が戻ったようだ、と幹次郎は安心した。

「相庵先生よ、葉三郎が自ら首を吊ったということはないかえ」

「なにかに乗って首を吊ったとしたら、踏み台の如《ごと》きものが残ってなければなるまい。やはりおこうの手で吊るされたとみるべきだ」

と相庵が答えた。

「女の力で持ち上げられるかね」

「ひょっとしたら手伝いがひとりいたかもしれませんな」

と幹次郎が言った。

「ちきしょう、葉三郎はおこうに惚れさえしなけりゃ、殺されずに済んだのに」

と春吉が悔しそうに言った。

「相庵先生、他に訝《いぶか》しいことがござろうか」

「客は遊女を信用していたんだ、酒どころか、しびれ薬まで呑まされ不意を突かれて後ろから紐で絞め上げられたら、振りほどく術《すべ》がなかろうな」

「殺しで間違いないな」

「番方、間違いない」

と柴田相庵が言い切った。

「相庵先生、葉三郎の右の中指と親指の爪先に血が滲《にじ》んでます。不意を突かれたとき、葉三郎が抵抗をした跡ではありませんか」

菊田源次郎が師匠に言うと、柴田相庵が老眼鏡に天眼鏡《てんがんきょう》で葉三郎の指先を調べて、孫弟子に頷《うなず》き返した。

「番方」

と婿《むこ》養子と同じである仙右衛門に呼びかけ、

「このあとはそなたらの仕事だ」

と下駄を預けた。

「相庵先生、引き受けた。ご苦労でございました」

仙右衛門は、養父とその孫弟子を送り出し、

「金次、葉三郎を土間の奥に移し、線香を上げておけ」

と命じた。

その足で幹次郎と仙右衛門は奥座敷に通った。

七代目会所頭取《とうどり》の四郎兵衛《しろべえ》だけがいた。

「神守様、長いこと吉原に関わっておりますが、初めてのことです。羅生門河岸の女が足抜した、それも客を殺《あや》めてのことだ。よくせきのことがなければできませんな」

「まったくです」

と幹次郎が答え、四郎兵衛が、

「それにしても伏見町の五木楼はなかなか女郎の居つきもよければ、年季明けで

大門の外へ大手を振って出ていく割合も高い。そんな吉原では珍しい楼から羅生門河岸に女郎が落ちていくのはなんとも不思議なことです」

「七代目、それには曰くがございましてな」

「なんですね」

「おこうが吉原に落ちてきたのは半年前だ。二十一で脂《あぶら》の乗った女郎の盛り、客扱いも優しい。なにより床上手というので直ぐに客もついた。ところがひと月もしないうちに問題が起こった」

「まさか客の懐の金をくすねるとか」

「七代目、それが違うんで。寝小便なんですよ」

「なんですって、おこうには寝小便癖《ぐせ》がございましたか。吉原でもこれまでなかったわけではないが、五木楼もお困りでしょう。朋輩の手前もあります、吉原では住み替えはできない。といって四宿《ししゅく》に売りに出しても相手もさるもの、後々文句が出ます」

「でしょうな」

「当人の願いで羅生門河岸に安い値で住み替えた。でも、寝小便は治《なお》りますまい」

「そこです。羅生門河岸の斜め前の見世の女郎の伏木はそんな話はなにもしていませんでしたがな」

「番方、こりゃ、なかなかの練りに練った足抜ですな。おこうの在所《ざいしょ》はどこですね」

「武蔵国《むさしのくに》川越《かわごえ》藩松平《まつだいら》様の城下外れと聞いております。詳しい書付は五木楼の番頭が会所に届けるそうです」

「おこうひとりの知恵ではございますまい。助っ人がおりますな。その男といっしょに大門を抜けた。さあて、在所に戻ったかどうか」

「おこうはまだ吉原に来て日が浅い、金も持っておりますまい。となると、在所を頼りたくなるのが人情です」

幹次郎の言葉に、

「五木楼の書付次第では川越に行ってもらうことになるかもしれませんな。人ひとりの命が、それも客の命が奪われているんです」

四郎兵衛が言った。

幹次郎は頷いた。

「七代目」

と声がして小頭《こがしら》の長吉《ちょうきち》が四郎兵衛の座敷に姿を見せた。

「おこうの切見世の後ろ壁の羽目板が外されて、裏路地に抜けられるようにしてございましてな、狭い路地に半纏を引っ掛けた跡がございまして、かような切れ端が板壁についておりました」

と切れた袖の一部の布切れを見せた。

その瞬間、幹次郎の脳裏に浮かんだ光景があった。

九郎助稲荷の前で拝礼する長半纏の背だ。番方が話していた長半纏の男はひょっとすると、おこうが男に扮装して九郎助稲荷に足抜が無事にできるよう願っていた姿ではなかったか。

その話をすると、

「念のためだ、九郎助稲荷を確かめてみましょうか」

と仙右衛門が言い出し、幹次郎が傍らの刀を摑んだ。

三

その夜、幹次郎と仙右衛門は会所に泊まり、翌朝竹屋《たけや》ノ渡《わた》しの一番舟に乗って川向こうの須崎《すさき》村《むら》に渡った。

浅草寺領側の渡し場から乗合舟に乗ったのは、ふたりの他に吉原帰りの男たちが数人だ。ひと晩泊まった遊び客は、なんとなく会所のふたりに顔を合わせたくない様子をしていた。

顔見知りの船頭《せんどう》が、

「番方、朝っぱらから珍しいな。なにかあったか」

と仙右衛門に尋ねた。

「客が死んだんでな、知らせに行くところだ」

「ふーん、腹上死か。なんとも運がいい野郎だな」

「そんなんじゃねえよ。女郎に縊《くび》り殺されたんだよ」

仙右衛門が応じた。

吉原の羅生門河岸の女郎が客を殺した話は、今日じゅうには読売《よみうり》で世間に知られることになろう。船頭は物知りだ、それで番方も話す気になったのだろう。

「間抜けな野郎だな。女郎はその場でとっ捕《つか》まったか」

一瞬の間があって、

「そんなところだ」

と応じた仙右衛門が、

「地廻りの葉三郎を知らないか」

と反対に訊き返した。

「ああ、承知だよ。あいつは大ケチだ。渡しだって銭を払うのが勿体《もったい》ないとよ。だが、吉原をひと廻りしないと眠れないというんだから、こっちも安い道楽だよな」

「瓦職人と聞いたが、どこに勤めているか承知じゃあるまいな」

「番方、源森川《げんもりがわ》沿いの中ノ郷瓦町《かわらまち》の東五郎《とうごろう》親方のところの職人だ。葉三郎がどうかしたか」

「うん」

船頭の問いに仙右衛門が曖昧《あいまい》な返答をした。

「まさか葉三郎が女郎に殺されたってことはないよな」

「船頭さんよ、しばらくおめえの胸に仕舞っていてくれないか。まあいずれ分かることだがな」

「なんてこった。吉原雀の葉三郎が女郎に殺されるなんてありか。酒も呑まねえ、吉原に行ってもほとんど女郎も買わねえ、博奕場《ばくち》にも出入りしねえ。こつこつと給金貯めて、いつの日か親方から瓦職人として独り立ちしたいというのが夢だった男が女郎に殺されるって、どんなわけがあるっていうんだよ」

「分からないから、神守の旦那と須崎村に渡るんだよ」

仙右衛門が答えたとき、渡し舟が須崎村の船着場に着いた。

こちら側では野菜や花などを売りに行く女衆《おんなし》や普請場に向かう職人衆が大勢乗り込んできた。

「船頭さんよ、最前話したことは当分内緒だぜ」

番方が低声《こごえ》で念を押した。

「合点《がってん》承知だ」

幹次郎と仙右衛門は河原から土手を上がり、三囲社《みめぐりしゃ》の鳥居の前に出て、隅田《すみだ》川《がわ》（大川《おおかわ》）の左岸を源森橋へと戻り始めた。

すると乗合舟に乗っていた職人風のひとりが幹次郎らを待ち受けていた。舳先《へさき》付近に乗っていた遊び帰りのひとりだ。

「会所の。おめえさんの話が小耳に入ったんだ」

「そうか」

「番方、葉三郎が殺されたというのはたしかか」

「葉三郎を承知か」

「ああ、近くの棟割長屋に住んでいるからな」

「おめえさん、名は」

「庄吉《しょうきち》だ。奴と同じ瓦職人よ」

「庄吉さん、長屋はどこだえ」

「中ノ郷八軒町の妙《みょう》義《ぎ》寺の家作だ。破《やぶ》れ長屋と言えば直ぐ分かるよ。店賃《たなちん》が安い分雨漏りはする、隙間風は吹き込むぼろ長屋だ」

中ノ郷瓦町と八軒町は隣り合った町だ。

三人は歩きながら話を続けた。

「葉三郎さんは独り者だよな」

「銭を一文も使うのが嫌いな職人だ。だといって女郎に殺される謂《いわ》れはねえ」

「まったくだ。地廻りだった葉三郎さんが女郎買いをしていたって話を知らないか」

「やっぱりほんとの話か。何日か前のことだがね、瓦町界隈で出会ったときよ、地廻りはやめた。やっぱり女は見るより抱いたほうがなんぼかいい、とのろけめいたことを漏らしてやがった」

「ケチな男が初めて女を抱いて狂うってのはよくある話よ」

「番方、そうじゃねえよ。葉三郎の話だと、その女郎、一文も使わず遊ばせてくれるんだと」

「吉原でそんな話があるものか」

「それがあるから葉公は殺されたんじゃないか」

仙右衛門が、ふうっと息を吐いた。

庄吉の言葉は騒ぎの核心をついていた。

三人は源森橋に差しかかっていた。

「番方、おりゃ、このまま仕事場に行く。葉三郎のついてる東五郎親方は厳しい親方だ。このことを知ったら、なんと言うかね」

庄吉の問いに仙右衛門は答えられなかった。

吉原会所は女郎を監督すると同時に、客が楽しく過ごすように努めることも仕事のうちだ。女郎が客を殺したとなると話は逆《さか》さま、会所の面目も丸潰《つぶ》れだ。

源森橋を渡った庄吉が吾妻橋《あづまばし》へと向かおうとして足を止め、ふたりを振り返った。

「この話は噂だからよ、真《まこと》かどうか知らねえ。葉三郎は小金を貯めていたって話だ、長屋じゅうが承知の話だ」

「その金は親方が預かっていたのかえ」

「番方、葉公は渡し舟の渡し賃をケチるくらいの男だぜ。半月ごとに親方からもらう給金は長屋に貯め込んでいたって噂だがね。ほんとうに破れ長屋に隠していたかね」

と庄吉が言い、仕事場に急ぎ足で向かった。

「神守様、親方に話を聞くのが先ですかね、それとも寺の家作の破れ長屋に行くのが先か」

「長屋だな」

幹次郎は即答した。

おこうは綿密《めんみつ》に足抜を企ててきただけではない。ケチでありながら、女を全く知らない地廻りの葉三郎に目をつけて切見世に誘い込んだのだ。

いくら小見世とはいえ、客からの揚げ代は帳場《ちょうば》を通して支払われる。だが、切見世ならば、抱《かか》え主《ぬし》がいるとはいえすべてひとりで仕切るのだ。

ケチで小金を貯めているという噂の地廻りの葉三郎を切見世に引っ張り込み、女の肌身の温《ぬく》もりと官能《かんのう》を教えた。その上で葉三郎から暮らしぶりを聞き出し、貯め込んだ金をどこに隠してあるか、承知していたのではないか、と幹次郎は考えたのだ。おこうは伏見町の小見世から切見世に落ちるために寝小便癖があることを楼じゅうに見せていた。これは当然小見世から追い出されるための細工《さいく》だ。

仙右衛門が頷き、妙義寺の家作の破れ長屋に向かった。

破れ長屋は直ぐに見つかった。仙右衛門は吉原会所の名入りの長半纏を裏にして着直した。

ふたりはしばし長屋の木戸口で足を止め、佇《たたず》まいを見た。

木戸口は傾き、風に飛ばされないように石をあちらこちらに置いた板屋根も反《そ》り返ったところがあった。

女たちが朝餉《あさげ》の仕度をしていた。

「すまねえ、葉三郎さんの店《たな》はどこだえ」

仙右衛門の問いに蓬髪《ほうはつ》の女が一番奥を指し、

「今朝はまだ寝ているよ」

と言った。

(昨夜殺された葉三郎が長屋に戻るはずもない)

幹次郎はすでにおこうが訪ねてきたかと推量した。

「仕事は休みか」

「あのケチが仕事を休むだって。近ごろ吉原からの帰りが遅かったからね、ただ眺めるだけだった女郎の手練手管《てれんてくだ》に嵌《はま》ったかね」

と吐き捨て、

「おまえさん方、だれだえ」

「吉原会所の者だ」

と応じた番方が幹次郎を見た。

幹次郎は刀の鯉口《こいぐち》を切り、仙右衛門も懐に忍ばせた匕首《あいくち》に手を掛けた。

「葉三郎がなんの悪さをしたんだよ。御用聞《ごようき》きでもないのに、長屋に踏み込むなんて厄介なことになるよ。うちは寺領だからね」

と別の女が叫んだ。

「騒がないでくんな、ちょいとした曰くがあるんだ」

女衆を制した仙右衛門と幹次郎が破れ障子戸を引き開けた。

中は雑然として散らかり、竈《かまど》の灰も搔き出されて畳間の畳が二枚引き上げられていた。

「おこうひとりの仕業《しわざ》ではございませんな」

「違うな」

仙右衛門が井戸端の女衆を振り返り、

「だれか土地《ところ》の御用聞きを呼んできてくれないか」

と願った。

「葉三郎さんは、どうしたんだよ」

女の問いに仙右衛門は答えず、幹次郎が尋ね返した。

「昨晩、葉三郎が戻ったのはいつの刻限だ」

「四つ（午後十時）過ぎかね。ここんとこあいつ、遊びが過ぎたよ」

とひとりの女が言い、

「もう遊ぼうにも遊べない」

と仙右衛門が呟いた。

「どういうことだえ」

「葉三郎は死んだんだ。昨夜《ゆうべ》、吉原でな」

えっ、と驚きの声を上げた女が、

「じゃあ、昨夜の物音はだれなんだ」

「だから、御用聞きを呼べと願ったぜ」

と仙右衛門が繰り返した。

「おい、だれか横川町《よこかわちょう》の親分を呼んできな」

蓬髪の女が言い、蓬髪よりずっと若い女房が、

「仕方ないね」

と言いながら木戸口に向かいかけ、

「よしさん、葉三郎さんが貯め込んだお金はどうなるんだ」

「昨夜の物音の主がかっ攫《さら》っていったんだろうが」

と蓬髪の女が言った。よじは破れ長屋の姉御《あねご》格のようだ。

「ふーん、飲み食いもケチって暮らして殺されちゃ、間尺《ましやく》に合わないね。葉三郎さん、いくら貯め込んでいたんだろう」

「十両は持っていたね」

とよしが答えた。

中ノ郷横川町の夏吉《かきち》親分は、横川町の親分と呼ばれ、四十過ぎの働き盛りだった。仙右衛門の記憶だと南町奉行所から鑑札を受けていたはずだ。

「会所の番方よ、ケチの葉三郎が吉原で死んだって」

「死んだんじゃない、女郎に殺されたようだ」

仙右衛門が応じてこれまでの経緯を説明した。

幹次郎は、中ノ郷瓦町の瓦焼き屋の東五郎親方と会っていた。二手に分かれて探索の展開を早くしようと夏吉親分と話し合ったのだ。

幹次郎が身分を明かし、経緯を説明すると東五郎親方が言葉を失ったか、黙り込んだ。

長い沈黙のあと、

「地廻りなんぞ、よしておけばよかったのに」

と漏らした。

「親方、葉三郎の長屋を訪ねたが、だれかが長屋を引っ掻き回していた。おそらくこちらで汗水垂らして働いた給金の大半を奪っていった者がいる。そやつが、葉三郎を殺した相手だ」

「だって、女郎が殺したんだろうが」

「女郎ひとりでできる仕事ではあるまい。女にはだれか仲間がいた」

「くそっ、なんてこった」

「親方、葉三郎は貯め込んだ金を長屋に隠していたのだろうか」

「あいつな、親方のおれだって銭となると信用してなかったな。だから、半月ごとに給金を求めて、自分で持っていたからな、まず長屋だろうな」

「葉三郎は親方の下で何年奉公してきたね」

「十三年、いや、十四年だ。その前に育った三河《みかわ》でよ、三州《さんしゅう》瓦で七、八歳のころから働いていたそうだから、かれこれ二十七、八年か。本場の三州瓦造りを承知だ。腕はいい、だから、うちでも給金はそれなりに高かったぜ」

「長屋の女衆は、十両は貯めていたと言うておったがな」

「冗談は言いっこなしだ。うちで貯め込んだ金だって三十両にはなろう。三州で働いて得た金が十両としても四十両だな」

「大金だな」

「吉原の凄腕《すごうで》浪人さんは金がどんなものか知らないようだな」

「正直、金には縁がない。じゃが、女房とふたりして働いておるで、なんとかなる」

「なんとかなるじゃございますまい。川向こうに小体《こてい》ながら渋好みの家までお持ちだ」

東五郎親方は幹次郎の住まいまで承知していた。

「あれは吉原会所の七代目がわれら夫婦に贈ってくだすったのだ」

「らしいな」

と答えた東五郎親方が、

「黄金色《こがねいろ》の小判は小判を呼びますのさ。葉三郎は、職人のくせして銭を貯めるのが道楽だった。だがよ、仕事に差し障りがなければとおれは黙ってきた。あいつね、貯め込んだ金をわっしはよく知らないふりをしていたが金貸しに貸して利を得ていた。だからさ、四十両どころじゃねえ、貯め込んだ金子《きんす》は百両を軽く超えていましょうな」

「なんと、葉三郎は初めて抱いた切見世の女にそいつを話したか」

「いや、あいつは金のことではだれも信用しなかったはずだ。旦那、最前、女郎には仲間がいたと言いなさったね」

東五郎親方の問いに幹次郎が首肯《しゅこう》した。

「この界隈で葉三郎が吝嗇《りんしょく》なのはだれでも承知だ。幼いころに親兄弟に見捨てられ、金を頼りに独りで暮らしてきたんだ。そんなあいつがいくら貯め込んでいたかなんて、およその額を承知なのはおれくらいだろうよ」

「親方はなぜ承知なのかな」

幹次郎の問いに親方はしばし沈黙で答えた。

「腕前からいけば、わっしの跡継ぎでもいいと考えたこともあった。だが、あいつは金以外信じない癖がある。となれば職人の頭《かしら》なんて無理だ。今から三年も前かね、わっしの姪《めい》が出戻ってきた、離縁じゃねえ、亭主が仕事場で怪我をして亡くなったんだ。姪はそのとき二十一だった。叔父のわっしが言うのもなんだが、器量もそこそこ、気性も悪くない。この話を葉三郎にするとな、あいつ、なんと答えたと思うね」

「女房を持てば、金がかかるとでも答えたか」

「さすがは吉原会所を支える裏同心の旦那だね、人を承知だ。野郎、『親方、女房をもらうとふたり分食い扶持《ぶち》がかかる。子が生まれるとさらに物入りだ。時節の着物だなんだかんだと言われても、おりゃ、銭は出せねえ。女は吉原で見るだけでいい』と抜かしやがった。おりゃ、開いた口が塞《ふさ》がらなかった。あそこまでいくとケチも芸だね。姪はあいつと夫婦《めおと》にならずよかったよ。今じゃ、この界隈の瓦屋の職人頭と所帯を持ってふたりの子供に恵まれてらあ」

「そいつはよかった、と言うしかないか」

「その折り、あいつが貯め込んだ金子の額をぽろりと漏らしたんだ。その額はよ、すでに八十両は超えていたね。金に執着《しゅうちゃく》すると、このようなことになる」

と東五郎親方が言い、

「あいつの骸はどうなるね」

と幹次郎に質した。

「三州生まれで江戸に身寄りがないのだな」

「ない。まあ、おれが引き取り、あいつの家作の主の妙義寺の和尚《おしょう》に頼んで弔《とむら》いを出すよ。骸はいつ、吉原から戻ってくるんだね」

「おそらく今日にも奉行所の検視が済もう。となれば、今夜にも届けることはできる。妙義寺で湯灌《ゆかん》して通夜《つや》を催すしかあるまい。長屋に一夜戻してやりたいが、あの長屋は葉三郎を殺した下手人に引っ掻き回されておる。ために奉行所の同心どのが調べることになろうからな」

「となれば、妙義寺に骸を届けてくれませんか」

「会所で七代目に願って、意に添うようにしよう」

「金が仇《かたき》の世の中か。葉三郎は人より金を大事にしてよ、人に殺されやがった。いや、貯めた金に殺されたのかもしれないな」

と瓦屋の親方がぽつりと呟いた。

四

幹次郎は親方と別れたあと、妙義寺に立ち寄り、ふたたび葉三郎の破れ長屋に戻った。すると、仙右衛門が横川町の夏吉親分と長屋じゅうを探した様子でうんざりした顔で立っていた。

「金はないか」

「ございませんな」

と夏吉が応じ、言い足した。

「すべておこうが盗《ぬす》んでいったあとか。あるいは、野郎が金を貯めていたのは事実としても、なんぞに使い込んだんじゃございませんかね。金を隠していたような形跡はどこにもございませんぜ」

破れ長屋は棟割の九尺二間、お定まりの広さだ。

「親分、葉三郎がこの破れ長屋にもう一軒借りていたのを承知か」

「えっ、野郎、こんな貧乏長屋に二軒もお店を借りていたんですかえ」

横川町の親分が訝しいという声音《こわね》で幹次郎に訊き返した。

「奉公先の親方も知らない事実だ。寺の住職が、葉三郎が棟割で背中合わせの『空き店《だな》』を借り受けていたことを認めた。だが、そのことは長屋の連中にも秘密にしていたようだ。長いこと空いていた店を借りるとき、絶対にだれにも口外しないというのが条件だったのだ」

「独り者のケチが破れ長屋をふたつもね、なんのためだ」

と夏吉親分が独白し、

「親分、金の隠し場所として借りていたんだよ」

と仙右衛門が応じて、くそっ、と夏吉が罵《ののし》り声を上げた。

「番方、親分、こちらから棟割の向こうに行く隠し戸があるはずだ。どこぞにそんな仕掛けはなかったか」

幹次郎が問い、仙右衛門が板の間に上がると畳がめくられた床を覗き込み、

「あれか」

と言った。

棟割長屋とはひと棟に九尺二間の家が数戸、背中合わせにある構造だ。左右後ろが隣の住人で風通しが悪い。ゆえに裏長屋の中でもいちばん店賃が安いのが棟割だ。

「神守様、床下に出入りできる穴がありますぜ、ここから向こう長屋に抜けられますな。あいつ、空き店を装った棟割の向こうかたに金を隠していたかね」

幹次郎がもたらした知らせを受け、長屋をぐるりと回り込み、葉三郎の家と背中合わせの「空き店」の前に立った。

夏吉親分が腰高障子に手を掛けると心張棒もしてないらしく、がたぴしと音を立てながらも開いた。こちらは「空き店」だけに家財道具は全くない。だが、畳がすべて上げられ、壁に立てかけられていた。

三人が長屋の狭い板の間に上がると床板がめくられており、地面が見えた。その地面には直径一尺三寸（約三十九センチ）ほどの穴が掘られ、周りは瓦で補強され、土が載せられた円形の板が蓋《ふた》の代わりをしていた。

夏吉が機敏《きびん》な動きで床下に下りて、穴から貧乏徳利《どつくり》ほどの甕《かめ》を取り出して床板に置いた。だが、金子が入っている様子はなかった。

「野郎、こんな隠し場所を持っていたか」

「葉三郎は、おこうの手練手管に、ついこの隠し場所を漏らしてしまったんでしょうかね」

夏吉親分と番方が口々に言った。

「壁向こうの葉三郎の家を荒らしたのは最初から金が隠されていないのを承知での攪乱《かくらん》だ。狙いはこっちにあった」

「おこうめ、やりやがったな」

「番方、葉三郎は女に初心《うぶ》過ぎた。初めての女がおこうだったのは不運としか言いようがない。嫁になってもいいなんて口車《くちぐるま》に乗せられたんだ」

「地味だが、吉原ではおこうの評判は悪くなかった、床上手で気立てもいい。ただひとつの欠点が寝小便癖だ」

「それも最初からの計算のうちだ」

「なんて女だ」

仙右衛門が幹次郎の顔を見て、吐き捨てた。

「葉三郎が哀《あわ》れ過ぎますぜ。いくらおこうに持っていかれたのかね」

「親方が葉三郎の貯め込んだおよその額を承知していた。七つ八つのときから貯め込んだ給金を金貸しに貸していたそうな。葉三郎は、百両ほどの大金をその甕に隠し持っていたんだ」

仙右衛門も横川の親分も口をあんぐりと開け、しばらく沈黙した。

ふうっ、と息を吐いた仙右衛門が嘆《なげ》くように言った。

「ただより高い買い物はねえな」

「会所の、こりゃ、女郎ひとりの知恵じゃねえぞ」

夏吉親分がふたりを見た。

「吉原の羅生門河岸の殺しから長屋の隠し金探しまで、だれか男が手伝っていたことはたしかだ」

「これほど吉原が虚仮にされた話はございませんな」

仙右衛門が嘆いたとき、長屋の木戸口に人影が立った。

南町奉行所定町廻《じょうまちまわ》り同心桑平市松《くわひらいちまつ》だ。

「なに、横川町の親分の旦那は桑平どのか」

幹次郎が驚きの顔で桑平を見た。

「裏同心どのとは実に気性が合う」

「それがしは町奉行所の定町廻り同心どのと気性が合わんでもよい。面番所の村崎隠密廻り同心にさんざん嫌みを言われますでな」

「吉原会所に骨抜きにされた隠密廻りなど放っておかれよ。夏吉、およその話はおめえの手先から聞いた。あとはこのふたりから話を聞こうか」

と桑平が嬉しそうに言った。

「桑平の旦那、わっしらの仕事はもう終わりですかえ」

横川町の夏吉親分は不満げな顔をした。

「長屋の主の葉三郎は吉原で殺されたのだ。その主が隠していた金子はその空《から》の甕に入っていたんだな」

「へえ」

「となりゃ、この破れ長屋にだれが戻ってくるというのか」

定町廻り同心桑平が言い放った。

「桑平どの、葉三郎の弔いを瓦屋の親方が妙義寺でやってくれるそうだ」

「瓦屋の東五郎は人情に篤《あつ》いからな。妙義寺も店子《たなこ》の死だ、弔いくらい致し方あるまい。吉原から骸が戻ってくるのはいつのことです」

「もはや面番所で検視は済んでおりましょう。となれば夕暮れどきにも妙義寺に運ばれてきても不思議ではない」

「会所も客が女郎に殺されたんだ。通夜に付き合うくらいの義理はありそうだな」

と桑平同心が幹次郎を見て、こんどは幹次郎が仙右衛門を見た。

「いったん吉原に帰り、葉三郎を妙義寺に運ぶ手配をせぬか、番方」

「そうですね、足抜したおこうは百両を懐に男と逃げやがった」

「なにっ、瓦職人がそれほどの大金を貯め込んでいたか」

「桑平どの、いささか仔細《しさい》がござってな。とはいえ、百両は殺された葉三郎が幼いときから瓦職人として貯め込んだ金子を金貸しに回していた結果で、悪いことをして貯めたわけではない」

「あるところにはあるもんだな。瓦職人が破れ長屋といえども二軒借りていたなんて前代未聞《ぜんだいみもん》だぜ」

「それも大金を護《まも》るためでござった」

「その金のために殺されることになった。なんとも間尺に合わない話だな」

「桑平の旦那、吉原会所の面目は潰された。吉原の掟《おきて》を何重にも犯した女郎にいい思いをさせてたまるか」

仙右衛門が吐き捨てた。

「面白い話が聞けそうじゃな」

と番方に応じた桑平が夏吉に向かって、

「おまえの縄張り内の話だ。通夜の進め方を妙義寺の坊主と話しておけ。おれは吉原会所のふたりをあちらまで送っていこう」

と言い足した。

桑平同心は御用船を源森川に着けていた。

幹次郎と仙右衛門は胴《どう》の間《ま》に腰を下ろした。

「おこうが羅生門河岸に自ら望んで鞍替えした経緯はどういうことでござるか、裏同心どの」

と丁寧な口調になった桑平が幹次郎に質した。

「おこうのいた妓楼の主は、吉原では珍しく温情家でござってな」

とだけ幹次郎は答えていた。

「そなたら、手を拱《こまぬ》いておるのかな」

と桑平がふたたび訊いた。

「会所に戻り、七代目と相談致す」

「客が殺され、客を殺した女郎は中ノ郷八軒町の客の長屋に押し込み、金を持ち去った。つまりは足抜を会所は見逃したってわけだ。われら、町奉行所の役人にとっても殺しと盗みを犯したこの女郎を野放しにするわけにはいかないでな」

桑平同心の言葉がふたりの胸にちくちくと痛みを伴《ともな》って突き刺さった。

幹次郎は騒ぎの発端からすべてを告げざるを得なかった。

面番所の村崎同心より定町廻り同心の桑平のほうがずっと頼りにもなり、信頼もおけると承知していたからだ。

「最前、そなたらの話をどぶ板の上で漏れ聞いたが、寝小便癖のある女郎だったか」

桑平同心が質した。

船は町奉行所のものだ。船頭も南町奉行所の禄《ろく》を食《は》んでいた。ゆえに話が聞こえても差し障りはないが、三人は囁き程度の小声で話していた。

「桑平様、吉原に寝小便癖のある女郎がいないわけじゃありません。だがね、何度か寝小便でしくじったといって、自ら羅生門河岸に身を落としたのはおこうが初めてですよ」

「番方、言うまでもねえがこの寝小便癖、わざとだな。楼はどこだえ」

吉原は隠密廻りの縄張りだ。

定町廻り同心の桑平市松と吉原とは直の関わりはない。だが、桑平はこの事件に関心を抱いたか訊いた。

「伏見町の小見世五木楼でございましてね、番頭もそうですが、五木楼の主は仏の十右衛門と呼ばれるほど、吉原の中でも一、二を争う温情家なんですよ。だから、おこうに寝小便癖があると分かったとき、損《そん》は承知でおこうが申し出た羅生門河岸の切見世への鞍替えを認めたんです」

仙右衛門が幹次郎に代わって説明した。

「おこうって女、なかなかのタマだな。吉原の事情をとくと承知だぞ、その上で主の温情を利用したか」

「桑平様は、おこうが吉原に身売りするとき、最初《はな》から小見世の五木楼を狙ってきたと申されるので」

「大籬ではそう容易《たやす》くにいくめえ」

「たしかにね」

「おこうの背後には吉原に通じた軍師《ぐんし》がついておると思う。それにこの軍師、葉三郎が金を貯め込んでいたことをどこぞで承知していたかもしれませんな」

幹次郎の言葉に桑平同心が頷いた。

南町奉行所の船はいつしか山谷堀《さんやぼり》の今戸橋《いまどばし》を潜ろうとしていた。

「船頭、このふたりをこの界隈で下ろしな。おれと裏同心どのが南町の船に同乗しているのを知ったらよ、妬《ねた》む者がおるからな」

と船頭に命じるというより幹次郎に聞かせた桑平が、

「今宵の通夜で落ち合おうか」

と願った。

「桑平どの、そなた方の役目はなんですね」

「裏同心どの、忘れてもらっては困るな、百両もの金が盗まれたのは吉原の廓《くるわ》の外でござる」

と桑平が幹次郎に言った。

「それはそうだが」

「そなたは、わしにとって福の神でござるよ。村崎なんて隠密廻りは羅生門河岸で殺された瓦職人など一文にもならぬと、骸を大門の外に出すことぐらいしか考えておるまい」

と桑平が言った。

幹次郎は南町の御用船を下りながら、桑平同心が少しばかり疎《うと》ましく感じられた。

「おい、そなたら、どこへ行っておった」

大門口で南町奉行所隠密廻り同心村崎季光に幹次郎が捕まった。番方はさっさと会所の戸を開けて姿を消した。

「お聞きでございましょう。羅生門河岸で客が殺された騒ぎを」

「そのほうら、弛《たる》んでおらぬか。切見世の女郎が客を絞め殺して、客の男に扮装して大門を出たのを見逃したのじゃぞ」

「ゆえにただ今、その瓦職人の長屋やらを訪ねたり親方にも会ったりしてきたところでござる」

「足抜した女郎はどうした。そちらが大事であろうが」

「村崎どの、そうは思うても身はひとつにござる。ともかく川向こうの寺で通夜を営《いとな》むことが決まりました。葉三郎の骸、吉原から運び出してようございますな」

「死んだ者をいつまでも吉原内に置いておくのも、商いに差し支えよう、許す」

「有難き思《おぼ》し召《め》し」

「まあ、切見世の女郎はいずれ捕まろう」

と村崎が言い放ち、顔を幹次郎に寄せた。

「そなた、承知か。その女郎、寝小便の癖があったことを」

「好きで寝小便をしたわけではございますまい。大人になってもやまぬのはいわば病でござろうか」

「そなた、同情しておるのか」

「いえ、同情すべきは殺された瓦職人にござる」

「あいつ、地廻りだぞ。その女郎に寝小便癖があることくらい承知であろうにな」

「五木楼では外にそのことを漏らしておりますまい」

「ところが、羅生門河岸では直ぐにその癖の話は広まったのだぞ」

「ほう、またそれは」

村崎同心は息が臭い口をさらに幹次郎に寄せ、

「驚いたことに当人が漏らしたそうな」

「真のことで」

「そなたら、未《いま》だ調べておらぬか。さようなことを漏らしてみよ、いくら羅生門河岸の客とはいえ、そんな女の見世に揚がるものか」

幹次郎は村崎同心の言葉に、改めておこうの企てが綿密だったことを知らされた。伏見町の五木楼に身売りし、寝小便癖のせいで羅生門河岸に落ちた。そして、自ら寝小便癖を喋って客を遠ざけた。

地廻りの葉三郎だけがおこうらの狙いだったのだ。

「村崎どの、五木楼におこうを口利きした女衒《ぜげん》をご存じですか」

「なに、それも知らぬのか。ありゃな、女衒は関わっておらぬ。親自らが五木楼の十右衛門に願って、娘を十五両で叩き売ったのだ。それが」

「八月《やつき》前」

「それが半年もせぬうちに羅生門河岸に鞍替えした。なんだか奇妙な話と思わぬか」

村崎同心が珍しくまっとうな推量を示した。

「おかしゅうございますな」

「であろうが」

「さすがは村崎どの」

「そなたら、ただ動き回るだけで頭を使わぬ。わしの推量をいくらかで買わぬか」

「どうすればよいので」

「それを考えるのはそなたらの務めであろうが。わしがかように大局から疑問を呈《てい》したのだ」

う、うーん、と唸ってみせた幹次郎が、

「まずはわれら、瓦職人の骸を会所から運び出します。そのあとに村崎どのの推量に従い、探索にかかります」

「裏同心どの、探索は機会を逃すと取り返しのつかぬことになるぞ」

「そのお言葉、肝《きも》に銘《めい》じます」

幹次郎は村崎から逃れて会所に戻った。すると、五木楼の十右衛門が番方の見送りを受けて土間に下りたところだった。

「神守様、お手数をおかけ致します」

十右衛門はわずかひと月ほどしか楼にいなかった女郎のおこうの所業を幹次郎にまで詫びた。

「災難は五木楼さんとて同じでござろう」

「まさか寝小便癖もわざとであったとは考えもしませんでしたよ。親が十五両で売り急いだのも、いま考えればいささかおかしい。娘を身売りするんです。一両だって一分だって高く売りたいはずだ。それがあっさりと十五両で手放し、娘のほうは恥ずかしげもなく寝小便を繰り返して羅生門河岸に鞍替えし、こんどは客を殺して足抜した。私にはなにがなんだか分かりませんので」

と言い残した十右衛門が土間の奥に未だ置かれた葉三郎の骸に合掌して会所から出ていった。

「小頭、骸を夜見世前に大門外に密かに運び出す手筈《てはず》を整えてくれ」

仙右衛門が長吉に命じ、会所の若い衆が動き出した。

正月八日の夕暮れ前のことだった。

第二章　おひな誕生

一

吉原会所から早桶《はやおけ》に入れられた葉三郎の骸が運び出され、山谷堀に待ち受けていた舟に乗せられた。

幹次郎と仙右衛門は、別行動でふたたび中ノ郷八軒町の妙義寺の家作に向かうことにした。

葉三郎の通夜に出るためだ。

七代目頭取の四郎兵衛には幹次郎が報告した。

「素人《しろうと》女は怖いですな。吉原を舞台に葉三郎に目星をつけて殺し、長年かけて貯めた金子を盗んでいきましたか」

「七代目、女ひとりでできる話ではございますまい。吉原の事情と葉三郎を知った男がいなければこうはいきません」

「五木楼からおこうについての書付が届けられました。出生地は親藩松平様のご領地川越藩城下です。親父は一時川越舟運《しゅううん》の船大工をやっていた男とか。ところが新造船《しんぞう》の下敷きになって怪我をしたため力仕事を辞めざるを得なくなった。その結果、娘を五木楼に売る羽目になったと、十右衛門さんと女将さんに説明したというんですがね、こたびの一件を見ると、虚言《そらごと》かもしれませんな」

「川越城下生まれというのも嘘でしょうか」

「川越の事情をよう承知だったと言いますから、川越城下か領内に住んでいたのはたしかと思えます」

「親父が一枚嚙んでいたとは思えませんか」

「さあてどうでしょう。船大工を辞めたあと、なにをしていたか、こたびの荒仕事に父親が嚙んでいたかどうか。嚙んでいたとしても、おこうを五木楼に売り飛ばした折りの端役《はやく》ではございませんか」

四郎兵衛は五木楼の十右衛門からおこうの親父の風体《ふうてい》などを聞いたようで、そう答えた。

「となると、おこうの仲間が別にいた。そやつは葉三郎をよう知っている。この辺が鍵になりそうです」

「これほど吉原を虚仮にされた騒ぎもございませんな。この女をなんとしても生きて捕まえたい。五木楼を騙し、羅生門河岸で客の瓦職人を殺したばかりか、その葉三郎の衣装をそっくり着込んで、髪まで切って総髪にして頬被りの男姿で大門を抜け出たと思えます。会所を馬鹿にするにもほどがある」

四郎兵衛の語調は静かなものだった。それだけに胸の憤怒《ふんぬ》が幹次郎には垣間見《かいまみ》えた。

「七代目、葉三郎の通夜の行われる寺で南町奉行所の定町廻り同心桑平どのに会います。通夜には葉三郎の長屋の住人も姿を見せるでしょう。なんぞ訊き込めればよいのですが」

「桑平様は、葉三郎殺しのおこうに関心を持っておられますか」

「葉三郎が二十七、八年余、汗水垂らして働いて貯めた金子を奪っていった所業にも、吉原で殺した様子にも腹を立てておられました」

「とはいえ、定町廻り同心の桑平様が川越まで出張《でば》ることはございますまい。南町に六人しかいない定町廻り同心がひとり抜けるわけにはいきませんからな」

四郎兵衛はお鉢がこちらに回ってきそうだと言っていた。

「ともかく通夜に出てみます」

幹次郎が立ち上がろうとすると、

「おこうの隣の切見世の女郎が、裏の狭い抜け道を使っておこうの見世に人が入り込む気配が何度かあったと長吉に答えたそうな。おこうに仲間、それも男の仲間がいたのは間違いございますまい」

四郎兵衛が言い、五木楼から届けられた書付を幹次郎に渡した。

「通夜に出てなんぞ訊き込んだら、川越まで出張っていただいてようございますか」

「百両近くの大金を手にした女が生まれ在所に戻っておりましょうか」

「なんとも言えませんな。相手の男次第ですが、意外としれっとして在所に戻っているかもしれません。世間を舐め腐っている女です」

四郎兵衛の考えだった。

幹次郎が会所の土間に行くと、すでに仙右衛門が川向こうに渡る仕度をしていた。

「政吉《まさきち》船頭の猪牙《ちょき》を衣紋坂上の橋下に待たせてまさあ」

仙右衛門が幹次郎に言ったとき、がらりと会所の戸が引き開けられ、柴田相庵の診療所の男衆が顔を見せた。還暦《かんれき》間近の老僕《ろうぼく》の末吉《すえきち》だ。

「なんだえ、末吉の父《とつ》つぁん」

仙右衛門が尋ねた。

「仙右衛門さんよ、相庵先生の言《こと》づけだ。お芳《よし》さんが産気づいたが、どうも難産の気配がある。戻れるものならば戻ってこい、という命《めい》だ」

「父つぁん、女房が産気づいたからって、亭主が務めを放って帰れるものか。お芳は相庵先生のところで長いこと手伝ってきた女だ。自分のやや子をなんとか産むことくらいできようが」

末吉の言葉に仙右衛門が言い放った。会所のみんなの手前もあったが、内心では気にかけていることが見え見えだった。

「番方、通夜にはそれがしが出る。なにもふたりして顔を出すこともあるまい。お芳さんの傍に付き添っておられよ」

「神守様、馬鹿言っちゃいけねえよ、わっしの沽券《こけん》に関わるぜ」

仙右衛門が力《りき》み返ったとき、四郎兵衛が奥から姿を見せて、

「番方、通夜は神守様に任せなされ、金次、おまえが供《とも》をせよ」

と命じた。

「七代目」

「これは私の命だ。人ひとりが生まれようという夜だ。亭主が付き添って沽券に関わるなんて話がどこにある。戻りなされ」

四郎兵衛が厳然とした口調で指図《さしず》した。なにか言いかけた仙右衛門に、

「七代目の命でござる、ここはそれがしに任されよ」

と幹次郎も言葉を添え、

「それ、男衆と急いで診療所に戻りなされ」

と番方と男衆を押し出すように会所の外に連れ出した。そして、参るぞ、と金次に声をかけた。

幹次郎と金次が中ノ郷八軒町の妙義寺に行くと、すでに通夜の仕度は整っていた。そして、葉三郎が奉公していた瓦屋の親方やら朋輩、破れ長屋の住人十数人ほどが集まっていた。

幹次郎と金次が妙義寺の本堂に上がろうとすると、南町奉行所定町廻り同心の桑平市松が闇の中から、そろりと姿を見せた。

「神守どの、今朝方出た川越行きの早船に花川戸《はなかわど》河岸からふたり連れの男が乗ろうとしたそうだ。客でいっぱいで『次の船にしなせえ』と言ったら、ふたりが話し合い、徒歩《かち》で川越に行くことにしたという。そのひとりはな、どうも女が男に扮したような風貌《ふうぼう》だったと船問屋の嶋屋《しまや》の番頭が言っておったそうだ」

「ほう、おこうは生まれ在所に戻りましたか」

「素人は得てして大胆というか迂闊な行動を取るものよ」

と言った桑平が雪駄《せった》を脱いで本堂に上がった。

幹次郎と金次が桑平に従うと、本堂の中の通夜の客が急に緊張した。

それはそうだろう。葉三郎は吉原で女郎に縊り殺されたことを通夜の客の全員が承知していた。そこへ町方《まちかた》の同心と吉原の裏同心が共に姿を見せたのだ。

「お役人様、葉三郎を殺した女は捕まりましたか」

葉三郎の主である瓦屋の親方の東五郎が桑平にとも幹次郎にともはっきりしない体《てい》で尋ねた。

「まだじゃ。通夜のあと、なんぞ知っていることがあったら聞かせてくれぬか」

桑平が町奉行所定町廻り同心とは思えぬ穏やかな口調で言った。

「へえ、葉三郎のことならばなんでも申し上げます。されど、相手の女郎のことはわっしら、なにも知りませんぜ」

東五郎が答えたところに妙義寺の住職の納昌《のうしょう》が古びた袈裟《けさ》姿で本堂に姿を見せて、通夜の客に一礼するとさっさと読経《どきょう》を始めた。その読経もあっさりと終わり、本堂から引き揚げた。

納昌も葉三郎に身寄りがなく、有り金をすべて奪われたことを承知なのだろう。

「葉三郎め、銭を使うのをケチるからよ。坊主にも見放されたじゃないか」

と瓦職人仲間の兄貴株がぼやくように言った。

「俊吉《しゅんきち》、そう言うなって。おい、小僧、酒と茶碗を運んでこい」

と東五郎親方が小僧に命じた。親方は通夜に貧乏徳利を何本かと茶碗を用意していた。

「お役人」

と東五郎が桑平と幹次郎に茶碗を持たせ、酒を注《つ》いだ。その他の客は銘々《めいめい》が注ぎ合い、黙って茶碗酒を口にした。

桑平が茶碗を手に一同を眺め回した。

「葉三郎が吉原通いをしていたが、一文も使わない地廻り、吉原雀と皆が承知だな」

一同が黙然《もくねん》と頷いた。

「だが、その葉三郎が突然宗旨《しゅうし》替えして羅生門河岸の女に入れ上げた。このことの曰くをだれか承知じゃないか」

桑平の問いに瓦職人のひとりが頷いた。

「おめえは葉三郎の朋輩かえ」

「同業ですよ。だが、東五郎親方の弟子じゃねえ、別の瓦屋の奉公人ですよ」

まだ二十歳《はたち》前の顔をしていた。

「名は」

「常八《つねはち》でさあ」

「あいつが喋ったか」

「葉三郎さんとは湯屋がいっしょなんですよ。今からひと月以上も前のことかね。霜月《しもつき》から師走《しわす》にかけての頃合いだ。寒い晩によ、仕舞い風呂に入って、あんまり寒いから帰りに煮売《にう》り屋《や》に立ち寄ったんだ。それで葉三郎さんを誘うと珍しく断わらなかった。もっとも銭はおれが持つ、と先に言っちゃったからな」

一同が大きく頷いた。

「ただならあいつも煮売り屋に入るわな」

と四十の頃合いの職人が言った。その言葉に頷いた常八が、

「一合ほどの酒に酔ったかね、女はいいと言い始めたんすよ」

幹次郎はおこうが最初から床入りをしたのではなく、葉三郎を焦《じ》らした挙句《あげく》に体を許したのだろうと推測していた。ひょっとしたら、常八に喋った霜月から師走の頃合いに葉三郎はおこうの虜《とりこ》になったのかと考えた。

「だれと寝たんだよ、とおれが訊き返したら吉原の女郎というじゃないか、おりゃ、驚いたぜ」

無駄な銭は一文も使わない葉三郎が吉原で女郎を買った。

しまった、酒を奢《おご》るんじゃやなかったと常八は思ったという。


「葉三郎さんよ、おめえさん、瓦屋を買い取る元手を貯めてんじゃやなかったのか。その銭を吉原の女郎に使っていいのか」

「常、吉原の女郎もいろいろだ。おれの相手は銭を取らないんだよ」

「そ、そんな話がありかよ。楼の主に女郎が叱られるか、年季が長くなるぜ」

「おこうは、おれが気に入ったんだと。だからよ、他の客も取りたくない。来てくれるだけでいい、と言うんだよ」

「そんな話があるはずがない。一体全体どこの楼の女郎だよ」

常八はケチの葉三郎の話が信じられなかった。だから、しつこく訊き返した。

「常、だれにも言うなよ。羅生門河岸の女なんだよ」

「葉三郎さん、そりゃ、歳を食った病持ちの女郎だぜ、危《あぶ》ないぜ」

常八は煮売り屋に誘ったことを悔いた。

「常、おこうはな、八月ほど前に伏見町の小見世に売られたばかりの女なんだよ。歳だって二十二、肌なんてすべすべしていらあ。気性もいいしな、おりゃ、女房にしてもいいくらいだ」

常八は半信半疑というより葉三郎の話は嘘だと思った。だが、葉三郎からこれまで嘘とか冗談を聞いた覚えがないことに気づいた。

（ほんとの話かね）


「お役人、おりゃ、その話を聞いたあと、吉原の大門を潜ったんだよ」

「ほう、それでどうしたな」

「羅生門河岸に行って、おこうって女がいるかどうか確かめたんだよ。そしたらいやがった。葉三郎さんの話は真だった」

「おい、常、その女、葉三郎がべた惚れしたように若くて器量よしか」

仲間が通夜の席だということを忘れて訊いた。

「兄さん、器量よしかどうか羅生門河岸は暗いや、最初よく分からなかったんだよ。だけど、ちらりと灯りが当たった顔はたしかに二十歳の頃合いだ。それに器量もそこそこだ」

「くそっ、葉三郎、当てやがったな」

瓦職人の兄貴株が羨《うらや》ましそうに言った。

「だけど、殺されちゃ、女房もなにもないな」

葉三郎の長屋の住人のひとりが言った。やはり職人だろう。正月過ぎだというのに日焼けしていた。

「ふーん、葉三郎に惚れた女がいたんだ」

と最前の瓦職人の兄貴株が言った。

「兄さん方、おかしいと思わないかえ」

「なにがよ」

常八の言葉に兄貴株の職人が問い返した。

桑平は葉三郎を知る面々に勝手に喋らせていた。そのほうが町奉行所の役人面《づら》で問い質すより真実の話が聞けると承知の顔だった。むろん幹次郎にも異論はなかった。

「兄さん方、仔細があったんだよ」

と言いながら常八が桑平の顔を見た。

だが、桑平は素知らぬ表情をして、茶碗酒を舐めていた。

「仔細たぁなんだ、常」

そこで常八が話を続けた。

「女はな、伏見町の小見世の五木楼の女郎だったんだよ。そしたら、吉原に来てわずか数月で羅生門河岸に身を落としたんだよ。女はな、寝小便癖があったんだとよ」

ええっ!

と驚きの声が一同から上がった。

「そんなことありかよ」

と兄貴株の俊吉《しゅんきち》が幹次郎を見た。

どうやら幹次郎が吉原会所の者だと承知の様子だった。

幹次郎は黙って頷いた。

「魂消たな。葉三郎は寝小便癖の女郎に入れ上げて、女房にしようと考えてやがったか」

常八は首を横に振った。

「違う、兄い」

「なにが違うというんだよ」

「おこうって女、羅生門河岸に住み替えてからは、寝小便などしたことがないんだとよ」

「おめえ、羅生門河岸を知らないな。ちょんの間で事を済ませるんだ、寝小便する暇などあるか」

俊吉が若い常八を叱りつけるように言った。

「兄い、おれだってそれくらい承知だよ。だけど羅生門河岸に移ってよ、『寝小便癖のせいで羅生門河岸に落ちてきました』と言ったのは、当人のおこうだぜ。それによ、切見世だって、ちょんの間だけじゃねえや、ひと晩泊まっていく客だっているだろうによ」

常八の反問に兄貴株が黙り込んだ。

「いないことはない」

と幹次郎が答えた。

「ほらな、伏見町の五木楼で寝小便をして客から叱られたおこうが、羅生門河岸ではなぜその癖が出なかったんだ」

「お、おれが知るか」

俊吉が幹次郎の顔を見た。

「常八、そなた、瓦職人をやめたときには吉原会所に来ないか。七代目に話してやろう。そなたの好奇心と推量はなかなかのものだ」

幹次郎が常八を褒め、

「なぜおこうは寝小便癖が止まったと思うな」

「伏見町の五木楼から羅生門河岸に移ることが女の狙いだったのではありませんか」

「常八、御用聞きの手先でも務まるぜ」

今度は桑平市松が褒めた。

「お役人、なぜ若い女郎はそんな恥ずかしいことまでしのけたんですか」

葉三郎の親方の東五郎が桑平に訊いた。

「その返答はな、おれより吉原会所の裏同心どのが承知だろうよ」

と桑平が幹次郎を見た。

しばし沈思した幹次郎が、

「ここには葉三郎の骸があって、未だわれらの声がいくらか聞こえているかもしれぬ。ゆえに差し障りのないところを話し、葉三郎に得心してもらおう」

と前置きして、

「おこうという女は、なぜか地廻りの葉三郎が大金を貯め込んでいたことを承知していた。ために伏見町の楼からわざわざ羅生門河岸の切見世に落ちてきて、葉三郎が通りかかるのを待ち受けていた。金を目当てにな」

幹次郎の言葉にその場の一同が沈黙したまま、葉三郎の骸が入っている早桶を見た。

「なんてこった」

と葉三郎と同じ長屋の住人が呟いた。

二

幹次郎と金次は、船宿《ふなやど》牡丹屋《ぼたんや》の猪牙舟で隅田川を渡ってきて、舟を源森川に泊めていた。船頭は老練な政吉だ。

桑平市松が幹次郎らふたりに従ってきたが、猪牙舟を見て、

「未だ四つの時分だな」

と言った。

「桑平どの、なにをなさる気か」

と幹次郎が聞き返した。

「まずは猪牙に乗せてくれ」

桑平は御用船を奉行所に戻したのか、そう願った。

「構いません」

政吉船頭の猪牙舟に三人の男が乗り込んだ。

政吉は桑平とみて、
ぺこり
と頭を下げた。

「おまえさんも会所勤めが長いな」

「桑平の旦那、わっしは船宿の船頭ですぜ、お間違いなく」

「牡丹屋はただの船宿か。吉原会所と一心同体の間柄だろうが」

「会所の出入りと言うてくださいな、桑平様」

「そう聞いておこうか」

桑平があっさりと引き下がった。

金次が舫《もや》い綱《づな》を解き、土手に片足を伸ばして猪牙舟を源森川に蹴り出した。今晩の金次はなにも出番がなく、手持ち無沙汰《ぶさた》の様子だった。

「桑平どの、なんぞ魂胆《こんたん》がありそうな」

「そなたにはいつも世話になっておる。ときには手伝いもせぬとな」

「ほう、どのような手伝いをしてくれますので」

「政吉、花川戸の船問屋嶋屋に着けてくれねえか」

「桑平様、船問屋はもう寝込んでますぜ」

「人ひとりが殺された騒ぎだ、夜も昼もねえ。これが町奉行所の定町廻り同心の務めだ。裏同心どのは、あちらに気を使い、こちらに気を使いして生きておられる。だが、うちは気兼ねなしだ、それだけが取り柄《とえ》でな。だれから恨《うら》まれようとなんのことはない」

「これから嶋屋を叩き起こそうというので」

「そういうことだ、番頭と話がしたいのさ」

呆《あき》れ顔の政吉に話しかけた桑平が幹次郎に向き直り、

「おこうって女郎、葉三郎の形をそっくり盗んで男に扮して大門を抜けたあと、葉三郎のところから金を盗んで花川戸の嶋屋を訪ね、川越舟運に乗るつもりだったようだな。それがし、手先から訊き込んだだけで、自ら念押しをしていなかった。ひょっとしたら、通夜の席でだれかおこうの相手を見たり、話を聞いたりした者がいるんじゃないかと期待していたんだ。だが、だれもおこうの相手を見ていねえ」

「となると、今のところ嶋屋の番頭がおこうの相手を見た唯一の目撃者というわけですか」

幹次郎が半ば感心し、半ば町奉行所定町廻り同心の強引さに呆れながら質した。

「そういうことだ」

「桑平どの、われらは廓内なら無理もできるが、この刻限に世間様を叩き起こす荒業《あらわざ》は持ち合わせておりませぬ」

幹次郎が苦笑いした。

政吉は心得て花川戸の川越舟運の河岸場《かしば》に猪牙舟を着けた。

「裏同心どの、同行を願おう」

と桑平が幹次郎を誘った。

桑平にそう言われては金次は政吉の舟に残らざるを得ない。

桑平に従い、幹次郎は猪牙舟を下りた。

吾妻橋の西詰の上流側、花川戸河岸に三軒の船問屋があった。藤屋《ふじや》、中村屋《なかむらや》、そして嶋屋の三軒が川越船と取引があった。

花川戸は川越から下ってきた乗合船の終着地であり、出立地《しゅったつち》でもあった。川越から夜船で着いた客には朝餉を供《きょう》し、上り船に乗る客の接待もした。

だが、花川戸の他に江戸にはもうひとつ、下流に河岸場があった。日本橋箱崎町《はこざきちょう》の近江屋茂兵衛《おうみやもへえ》方だ。華のお江戸の、実際の川越舟運の最終河岸場である。

名目上の終着地花川戸河岸場の一軒、嶋屋仁右衛門《じんえもん》方は当然のことながら、川越からの夜船が早朝に着くことから大戸が下ろされ、眠りに就いていた。

だが、桑平市松は通用口を委細《いさい》構わず、
どんどん
と大きな音を響かせて叩いた。しばらくすると、

「は、はい、はい」

と声がして、

「どなた様ですね、うちは船問屋、朝が早い商いですよ。こんな刻限に」

と言いかけた戸の向こうに桑平が、

「南町奉行所定町廻り同心だ」

のひと声で相手を黙らせた。それでも臆病窓《おくびょうまど》がそっと開かれて、訪問者の風采《ふうさい》を確かめる様子があった。

「ああ、桑平様だ」

嶋屋の手代が安堵《あんど》の声を上げ、通用戸を開いた。

川越舟運の船問屋だけに土間は広々としていた。

川越と江戸を結ぶ舟運は旅客と荷を共に運んだ。

上り荷は油、綿、麻《あさ》織物、綿織物、生麩《なまふ》、藍玉《あいだま》、酒酢、荒物《あらもの》、小物、瀬戸物、鉄類、塩魚類、鰹節《かつおぶし》、藍甕《あいがめ》、糠《ぬか》、干鰯《ほしか》、塩、石などだ。川越からの下り荷は、俵物《たわらもの》、醤油、油粕《あぶらかす》、綿実《めんじつ》、素麺《そうめん》、炭、板、杉皮、石灰、屋根板、鍛冶《かじ》炭など多岐にわたった。

川越舟運の鑑札を持つ高瀬船《たかせぶね》を六艘《そう》所有する嶋屋だけに店の三和土《たたき》も広かった。

三和土に接した板の間に布団を敷いて寝ていたのは手代のようだ。

「土地の御用聞きから小耳に挟んだ一件だ。今朝方、川越上りの高瀬船に男ふたりが乗ろうとして、いっぱいですと断わった一件があったな」

「ええ、今朝は藍玉が急に積み込まれましてね、前々からの予約のお客以外はお断わりしたんですよ」

「若いふたりの男を断わったのはだれだ」

「へえ、番頭さんです」

「やはり香蔵《こうぞう》か。話がしてえ」

「えっ、番頭さん、もう床に就いてますよ」

「起こせ」

桑平のひと言で手代が慌てて奥へ姿を消した。

板の間に行灯が点されていた。客商売だ、まして高瀬船を往来させる船問屋だ。なにがあってもいいように手代が店に寝ていた。

綿入《わたい》れを着ながら番頭の香蔵が顔を出し、

「御用ですか、桑平様」

と質しながら幹次郎を見て、

「変わった取り合わせでございますな」

と首を傾《かし》げた。

「この御仁《ごじん》を承知か」

「吉原会所の凄腕の裏同心神守幹次郎様」

「おれたち、表の同心が何人束《たば》になっても敵《かな》わぬ相手だ」

「まさか夜中に神守様を引き合わせに参られたわけではございますまいな」

「それほど南町の定町廻り同心は暇じゃねえ。香蔵、今朝のことだ、若い男が川越まで乗りたいと願いに来たのを断わったな」

「へえ、もう客と荷でいっぱいでございましたからな、次の船になさいませぬかと願うと、急ぐので徒歩で行くと申されました。それがなにか」

「ふたり組に変わったところはなかったか」

「と、申されますと」

と言いながら香蔵がなにかを思い出す顔つきで考え込んだ。

「歳はいくつとみた」

「二十歳前ですかね、船なんて乗る歳じゃございませんよ」

「女が男に化けていたなんてことはないよな」

「それはございません、男です」

と答えた香蔵が、

「もうひとり長半纏を裏返しに着込んだ男もいましたが、こちらが女だったかもしれません」

と言い出した。

「なにしろ私には近づこうとはせず、若いほうに話をさせて自分は表に立ったままだったんです」

「長半纏を裏返しだと」

「へえ、頰被りをして菅笠《すげがさ》を被《かぶ》った形でした。縦《たて》縞の袷も古びたものでしたね」

「そいつを女だとみた理由《わけ》はなんだ」

「そりゃ、人商売の番頭の勘ですよ。しっかりとした体つきでしたが、どことなく女らしい、なよっとした雰囲気を感じたんですよ。それに今から考えれば、私から見られないようにしておりましたな」

「番頭の目で見て、男に扮した女をいくつとみた」

「話をした男よりふたつ三つ年上とみましたがね」

桑平が幹次郎を見た。

「番頭どの、男のほうが若いというのはたしかかな」

「神守様、まず間違いなく私と話した男のほうが若いとみましたがね」

香蔵が言い切った。

「その者たち、船に本気で乗る気であったのであろうか」

「そりゃ、そうでしょう。船賃はいくらだ、前払いすると言ったくらいですから」

「番頭どの、表にいた男が女として、ふたりはどんな間柄であろうか」

「どういうことでございますな、神守様」

「男が若いと聞いてな、弟ではないかと思ったのだ」

「ああ、そういうことですか。男と女の仲かと問われれば、なんとなくですが情は交わした間柄でしょうな」

「相手は年下だったのだな」

「神守様のご夫婦も汀女先生が年上と聞きましたがな。ああ、これは余計なことでございました」

と香蔵が詫び、

「ただね、ふたりの体から漂う雰囲気がなんとなく似通っていましたな」

と言い足した。

「ふたりはそなたの前で名を呼び合ったか」

「いえ、一切それはございません」

「男の職が推測ついたかな」

「若いわりには川越舟運を心得た様子で、私は水夫《かこ》かと思いましたが、どことなく崩れた感じもしないわけではございません。半端《はんぱ》もんの渡世人《とせいにん》でしょうかね」

幹次郎は桑平を見返した。

「どうだ、足抜した女郎と思うか」

と桑平が質した。

「間違いございますまい。あの女の親父は川越舟運の船大工を務めていたそうな、並みの若い衆では川越へ船で行こうなんて考えますまい」

「えっ」

と香蔵が驚きの声を上げた。

表に待っていた「女」が吉原を足抜した女郎と知って驚いたかと、幹次郎は思った。すると香蔵が、

「川越舟運と関わりのある者ですか。それならばうちに来た理由も分かる。だいたいね、川越舟運の船頭以下水夫や船大工は、親から子へ、子から孫へと受け継がれる稼業《かぎょう》なんですよ」

番頭の香蔵の話を聞いて、嶋屋に来て川越への上り船に乗ろうとしたのが、おこうに間違いないと幹次郎は思った。となると、若い男もその周りにいるはずだった。

「番頭どの、起こしてすまなかった。大助かりだ」

「神守様、足抜した女が川越の出ならば、必ずやあちらに戻ってますよ」

と香蔵は言い切った。

桑平と幹次郎は政吉の舟に戻った。

「どうするね、裏同心どの」

「会所はおこうを見逃すわけにはいきません」

「川越へ行くか」

「立ち戻って七代目と相談致します。桑平どの、猪牙をお使いなされ。われらは歩いても大した距離ではござらぬ」

幹次郎は桑平市松に猪牙舟を譲った。

「正直、これから八丁堀に独りとぼとぼと徒歩で帰るのか、面倒だなと思っていたところだ。そなたの親切に甘えよう」

桑平が快《こころよ》く幹次郎の申し出を受け、幹次郎は、

「金次、政吉船頭の櫓《ろ》を手伝え」

と命じた。

「年寄りを労《いたわ》ってくれますかえ」

と笑った政吉がこちらも金次の同行を有難く受けた。


幹次郎が大門を潜ったのは引け四つ（午前零時）前のことだった。もはや客の姿も駕籠もなかった。

「ご苦労でした」

小頭の長吉が幹次郎を迎え、

「七代目が奥座敷におられます」

と言い足した。

「番方のところからなにか連絡《つなぎ》が入ったか」

「初産《ういざん》のせいかね、まだのようだ」

幹次郎は胸中で、人の生き死には、

「明け方に生まれ、夕べに死す」

という言葉を思い出し、夜明け前かな、と思いながら、

(お芳さん、頑張れ)

と無言の激励を送った。

「通夜が長引きましたか」

吉原会所の七代目頭取が幹次郎を迎えた。

「いえ、南町の桑平どのと花川戸の船問屋嶋屋を訪れておりました」

と前置きした幹次郎は、通夜での様子から嶋屋を訪ねた経緯までをすべて報告した。

「なんと男は年下でしたか」

「番頭の見立てです」

「客商売の番頭の見る目はたしかですよ」

四郎兵衛が言い切り、

「神守様、そやつらが嶋屋をわざわざ訪ねたことが気になりますな」

と言い足した。

「おこうと相手の男は川越舟運を承知していた。ゆえに吉原近くにも拘《かか》わらず花川戸河岸を訪ねて、高瀬船に乗り込もうとした。その理由は、足抜を知った私ど

もが川越街道を追ってくるのを避けるためかもしれない。しかし、徒歩であれ、川越舟運であれ、川越へと帰ることを私どもに印象づけようとしたとは考えられませんか」

「七代目は、われらを騙して、おこうと男は別の土地へ逃げたと申されますか」

「確たる証《あか》しがあるわけではございません。ですが、なんとなくそんな気がしたのです」

幹次郎は、有り得ると思った。

こたびの一件は練りに練った企てだった。となれば、吉原会所や町方が追ってくることを考えに入れて、ふたりが動いたとしてもおかしくはない。同時に別の見方もあるのではないかと幹次郎は考えた。

「川越舟運で働く船頭や水夫、それに船大工らは代々仕事を受け継いでいくそうです。そんな土地柄が川越のようです。意外とおこうらは、川越にすんなりと向かったような気がします。これもまた七代目のお考えと同じくなんぞ証しがあってのことではございません」

幹次郎の言葉を四郎兵衛はじっくりと考えた。

「どちらもなんとも言えませんな。たしかに見知らぬ土地で若いふたりが生きていくには、それなりの苦労が伴いましょう。葉三郎を殺して得た百両などあっという間に消え失《う》せます。その点、川越に戻れば知った土地です、何に使うにしても百両は江戸や旅先で使う百両以上の価値がありましょう」

四郎兵衛の考えに幹次郎が黙したまま小さく頷いた。

「手がかりは川越だけだ、神守様、川越に行ってみますか。このおこうの一件、吉原にとって許しがたい所業でございますでな」

「ならば明日にも発《た》ちます」

と幹次郎が答えた。

「神守様、ふたりが川越に戻ったのならば、一日二日を急ぐことはございますまい。なぜならば、ふたりはこれからずっと川越で暮らしていこうとしているのですからな」

「七代目、それがしも番方とお芳さんの子が無事に生まれたのを確かめてから川越へ行きとうござる」

「それで構いません。昨晩も会所泊まりだ、ともかく今晩は汀女先生の傍らでお休みください」

と四郎兵衛が命じた。

三

幹次郎は、近所の湯屋の朝湯に浸《つ》かっていた。

五つ（午前八時）の刻限で男衆の湯船には顔見知りの隠居がふたり、のんびりと体を浸《ひた》しているだけだ。

「会所の旦那か、番方の子は生まれたか」

ひとりが幹次郎に訊いた。日本堤の編笠茶屋の隠居だ。

「未だ知らせがない、初産ゆえ遅れているのであろう」

「子なんてものは生まれる時がくれば嫌でも顔を覗かせる。うちの嫁なんぞは七人もひり出した」

と応じたのは石屋の頭を務めていたが、先ごろ倅《せがれ》にその座を譲った隠居だ。

「孫が七人ですか。賑やかでいいな」

「長男の嫁が七人、次男の嫁が三人、うちの娘が四人、近くに皆住んでやがるので、賑やかどころではねえぜ。ただ喧《やかま》しいや」

「そう申されるな。孫が十四人とはなんとも贅沢《ぜいたく》だ」

「神守の旦那、ものは言いようだね。贅沢たってどこも食わせるのに精《せい》いっぱいだぜ。元気だけが取り柄かね」

「それ以上の贅沢があるものか」

「旦那のところは子がいないんだったな」

「子をもうけるどころではなかったでな」

「なんでも、西国《さいごく》の大名家から上役《うわやく》の女房を奪って江戸に逃げてきたって噂だが」

この界隈の住人だ。幹次郎と汀女のことをとくと承知だった。

「われら、同じお長屋で育った者同士でな。両親が金貸しの上役に金を借りて返せぬゆえ、姉様が嫁に行かされたのだ」

と答えながら幹次郎は、随分と昔の話のような気がしていた。

「武家方でも金貸しが許されるのか」

石屋の隠居が幹次郎に質した。

「武家だろうとなんだろうと、金を貯め込んで増やそうと知り合いや同輩に貸して、高い利を得る器用な者はおる」

「ふーん、武士にあるまじき輩だな。ようやったじゃないか、汀女先生の手を引いて領地から逃げ出したなんてよ」

「駆け落ちは武家方にとって許されざる所業だ。ゆえにその代償《だいしよう》に諸国をあちらこちら何年にもわたり追い回された末に、吉原会所に救われたというわけだ」

「貧乏大名の奉公人より会所のほうがなんぼか金の払いはよろしかろう」

編笠茶屋の隠居が言った。

幹次郎が返事に迷っていると石屋の隠居が、

「なにしろこの界隈に渋好みの小体な家が持てたんだ。勤番侍《きんばんざむらい》なんぞにできることっちゃねえな」

と幹次郎の代わりに答えた。

「おお、あの家は浅草寺の坊主が妾《めかけ》を囲おうと建てた家だ、銭がかかっているぜ。いい買い物だ」

「会所の七代目に贈られた家にござる」

「だってな。それだけの働きを夫婦でしているってことよ。子がいないのは致し方ねえや」

石屋の隠居が話を締めた。

しばらく湯船の中に静寂《せいじやく》があった。

昨夜、深夜に戻った幹次郎は、汀女と黒介に迎えられ、大小を外し、寝間着《ねまき》に着替えると、そのまま床に崩れ落ちるように眠り込んだ。

三刻（六時間）ほど熟睡《じゆくすい》して目を覚《さ》ますと、黒介がその気配を察したか、幹次郎の顔を舐めに来た。

「幹どの、起きた足で湯屋に行ってきなされ。玄関に仕度がしてございます」

汀女に言われて湯屋に来たところだった。

天窓から春の光が入り込んで羽目板に当たって反射し、それが湯船の湯をきらきらと輝かしていた。

「会所の旦那、小耳に挟んだんだが、羅生門河岸の女郎が客を殺して客の身形《みなり》に身を窶《やつ》して足抜したってな」

編笠茶屋の隠居が話柄《わへい》を不意に変えた。

こういう話は隠そうとしても直ぐに広まっていく。否定のしようがないし、否定すればするほど話がねじ曲がって広がる。

「そうなのだ」

幹次郎は素直に認めた。

「切見世の女郎なんてよ、姥桜《うばざくら》といえば聞こえはいいが、病持ちの大年増《おおどしま》だろうに大胆な女だな。よくせきの事情があったかね」

「茶屋の隠居、おれの聞いた話じゃ、若い女というぜ。伏見町の五木楼に八月ほど前に身売りしてきた女と聞いた」

「なぜまた羅生門河岸に落ちたか、承知かね」

編笠茶屋の隠居が石屋の隠居に尋ねた。

「さあな、そこまでは知らないや」

「その女郎に寝小便癖があるんだとよ」

編笠茶屋の隠居はえらく詳しかった。商売柄、廓内の話はあっという間に山谷堀の茶屋に広がっていた。

ふたりが幹次郎の顔を見た。

幹次郎は朝の光に煌《きら》めく湯を両手で掬《すく》い取り、顔を洗って、

「真の話であった」

と答えた。

「五木楼は寝小便癖の女を買わされたのか。女衒はだれだ」

石屋の隠居が幹次郎に問うた。

「女衒は入っていない。親父が直に売り込みに来たと聞いた」

「在所はどこだえ」

「川越だそうだ」

「十三里《り》半の生まれか。寝小便癖ね。親父め、そんな癖のある娘を吉原に押しつけやがったか。世も末だな」

石屋の隠居が嘆いた。

刻限が刻限だ、男湯には三人しかいなかった。

「それが寝小便はわざとでな、羅生門河岸に身を落とす方便だったようだ。五木楼より切見世のほうが足抜しやすいと考えたのであろう」

幹次郎は最前の話を否定してふたりの隠居に真実を告げた。

「そいつはよほど悪玉だね、女ひとりが考えることっちゃねえぜ」

「女の背後に吉原のことを承知の男がついていることも分かっている。それも年下だ」

「近ごろの若い奴らは義理も礼儀もなしか、五木楼は大損だな」

「そういうことじゃ」

と答えた幹次郎は、

「なんぞ小耳に挟んだことがあれば、会所に知らせてくれませぬか」

とふたりに願って先に湯船から上がった。

柘榴の家に戻ると囲炉裏端に朝餉の仕度ができていた。

「幹どの、お芳さんのお産が済んだそうです、番方が母子ともに元気と吉報《きっぽう》を知らせてくれました」

「ほう、それはひと安心じゃ。男かな、女かな」

「なんとも愛らしい女のやや子ですって、これは仙右衛門さんの言葉です」

「ふっふっふふ。生まれる前は男がいいと言い続けていたがな」

「まずは朝餉を食しなされ。そのあと、やや子の顔を見に参りませんか」

「よし、それはよい」

ぶり大根と豆腐とねぎの味噌汁に納豆で三杯飯を幹次郎は食した。

「二膳のお代わりですか。昨夜はいつ夕餉《ゆうげ》を食しなされた」

「最後に飯を食ったはいつであったか。昨夜は通夜であったでな」

「ああそう、番方から聞きました。生真面目《きまじめ》な瓦職人が羅生門河岸の女郎に殺されたそうですね」

仙右衛門から聞いたか、汀女もおよその事情は承知していた。

「姉様、それがし、今日にも川越に出張ることになるやもしれぬ」

「足抜した女子《おなご》は、川越に戻ったとお考えですか」

「他に手立てがないでな、まずは川越を調べてみる」

「仙右衛門さんも行かれますか」

汀女はそのことを気にした。

「初めての赤子が生まれたばかり。それに番方とそれがしがふたりして吉原を留守にするのはどうかと思う。まあ、このことは四郎兵衛様の指図次第じゃがな」

幹次郎は房楊枝《ふさようじ》で歯を清めて口を漱《すす》ぎ、汀女が仕度していた春着《はるぎ》に身形を整えた。

身仕度をすでに整え終えていた汀女の傍らで、小女《こおんな》のおあきが杉の葉の敷かれた大皿に体裁よく載せられた大きな鯛《たい》を風呂敷で包んでいた。

汀女は手際よく祝いの品を用意していたらしい。

「旅仕度は柴田先生のところから戻ったあとにします」

おあきと黒介に留守を願い、鯛を提《さ》げた幹次郎と汀女は山谷堀を渡って山谷の柴田相庵の診療所を訪ねた。

すると、いつもより患者が多く待ち受けていた。

「どうした、風邪でも流行《はや》っておるか」

行列のひとりに幹次郎が訊くと、

「そうじゃねえよ。相庵先生がお芳さんの産んだ子のいる離れ屋から動かないんだよ。まるで孫を見る目つきだってよ。だから、今日の診療は弟子で、手際が悪いんだよ」

と患者のひとりが答えた。

柴田相庵の診療所は相庵とお芳がいて円滑《えんかつ》に回っていた。それがふたりして診療所を空けたとなると、致し方ない仕儀《しぎ》だった。

「そうか。相庵先生、孫にめろめろでござるか」

「ござるかどころじゃねえや、会所の旦那。相庵先生に己の務めを忘れるなと言ってくれないか」

「ふっふっふふ。そんなことが言えるものか。本日だけは大目に見てやってくれぬか。生まれた子は相庵先生と血は繋《つな》がっておらぬが、孫以上の孫が授かったのだからな、一日くらい赤子の顔を見ているのを許してやってくれ」

「今日だけで終わるかね、当分、やや子の前を離れないぜ」

患者の言葉を聞いて、診療所と住まいを兼ねた母屋《おもや》ではなく、本来ならば相庵の隠居所として建てられた離れにふたりは向かった。すると相庵の笑い声が障子の向こうから聞こえてきた。

「先生、ようやく眠ったところです。その高笑い、やめてくれませんかね」

と応ずる仙右衛門の言葉も満足げだった。

「お芳さん、仙右衛門どの、相庵先生、無事出産おめでとうござる。邪魔なれば庭先で失礼し、後日赤子の顔を見に参る」

幹次郎の言葉に障子が開かれ、

「おお、神守夫婦か。見てくれ、やや子の顔をな」

相庵が張り切って縁側に出てきた。

「番方、まずはめでたい。祝いの品じゃ」

幹次郎が縁側で風呂敷包みを解き、大皿の鯛を見せた。

「気を遣っていただき、すまねえこってす」

番方の言葉もいつもより上ずっていた。

「それがしは一切知らずだ。姉様が仕度しておいてくれたものでな、それがしは運んできただけだ」

と答えた幹次郎の傍らから、

「お芳さん、おめでとう。やや子の顔を見せてもらってようございますか」

と汀女が願い、

「上がれ上がれ」

と相庵がふたりを招《しょう》じ上げた。

幹次郎は仙右衛門に大皿の鯛を渡し、

「番方、生まれた子は当分爺様に取られそうじゃな。相庵先生が一番喜んでおられるようじゃ」

「困ったもので」

と答えながら、仙右衛門の顔も崩れっ放しだ。

汀女はすでにお芳の傍らに寝かされた赤子の顔を覗き込んでいた。赤子は目をつぶっていたが、手足を力強く動かしていた。

「器量よしの娘になります」

と汀女が保証した。

「汀女先生、わっしに似ていませんか」

仙右衛門が自分の顔を指した。

「いえ、お芳さん似の顔立ちです」

「わっしに似たところはどこもないか」

幹次郎も髪がふさふさとしたやや子を見たが、どう見てもお芳似の美形だった。

お芳はお産の疲れであろう、口を利くのも億劫《おっくう》そうだった。だが、顔には子を産んだ満足と自信が溢《あふ》れていた。

「残念じゃがないな。番方に似たところは元気なところくらいか」

幹次郎が正直に感想を述べた。

「ちぇっ、お芳がひとりで産んだような娘か」

「そなたに似たら、娘の行き先が案じられるわ」

「わしもそう思う」

幹次郎の意見に相庵も賛意を示した。

「それより名は決めたか」

「神守様、この人ったら男の子だと決めつけて男名前しか考えてなかったんですって」

お芳が言った。

「女とはな、なにも思い浮かばねえ」

仙右衛門は、子が誕生したことで頭がいっぱいで、考えが回らないらしい。

「お芳さんはなにかないの」

汀女がお芳に訊いた。

「産むことで精いっぱいで、名前までは。お産がこれほど大変だなんて、想像もしなかったわ」

「よし、わしが考える」

と相庵が言った。

「ダメ」

とお芳が叫んだ。

「先生が決めたら、お末《すえ》とかおとめとかになるわ」

お芳が汀女を見た。

「私につけよというのですか」

「だって汀女先生は俳諧《はいかい》なんぞに詳しいでしょ。きっと愛らしい名を考えてくださるわ」

「おお、それはよい」

「汀女先生に願おう」

柴田一家三人の要望を汀女は、

「やはり皆さん三人でお考えになるのがいいわ」

と遠慮した。

幹次郎はなんとなく庭に目をやった。

柴田診療所の畑に寒椿《かんつばき》と早咲きの梅が咲いていた。その傍らには桃の木もあった。緋色《ひいろ》の桃の花が咲くにはいささか時節が早かった。

「幹どの、なにを考えているのですか」

汀女が幹次郎に質した。

「梅なんて名はありふれておりますぜ、神守様」

「いや、桃の木を見ておった」

「桃ね、こっちもどこにもありそうだ」

「桃の花はこれから咲く。お節句でお雛《ひな》様を考えておった。柴田ひなというのはどうだ」

幹次郎の言葉にお芳が直ぐに反応した。

「かわいいわ、おひなって」

「柴田ひなか、なかなかよいな」

と相庵も言い出した。

「ご一統《いっとう》、ただの思いつきだ。そう真剣に受け取らんでくれ」

「おひな、か。悪くねえ」

仙右衛門が腕組みして庭先の桃の木に視線を向けていたが、

「神守様、名づけ親はおまえ様だ、決めた」

と叫んだ。

「姉様、どうしたものか」

「よい名です。どうです、ついでに一句披露《ひろう》なされませぬか」

「句まで詠めというか」

不思議にも言葉が浮かんだ。

緋桃《ひもも》咲く　時節を待ちて　ひな生まる

(いささか即興じゃな)

「姉様、とてもではないが、この場で考えられようか」

幹次郎は頭に浮かんだ駄句《つ》を口にしなかった。

「いえ、幹どのは嘘を吐けぬお方です。ただ今頭にある言葉をご披露なされ」

「困ったな」

「なにも困ることはございますまい、神守様は俳人《はいじん》じゃねえんだからさ」

仙右衛門も幹次郎に迫った。

「姉様のせいで恥を曝《さら》すことになった」

幹次郎は言いながら、思いついた五七五を口にした。すると汀女が幹次郎の五七五をなぞり、

「緋桃咲く　時節を待ちて　ひな生まる、ですか。素直でやや子の行く末を予感させるような華やいだ句です」

「汀女先生、この子のために汀女先生の手で神守様の句を短冊《たんざく》に認《したた》めてください、お願い申します」

とお芳が言い、

「夫婦して恥を曝しますか、幹どの」

と汀女が微笑《ほほえ》んだ。

四

仙右衛門といっしょに幹次郎は大門を潜った。ついついひなの顔を見過ぎてしまったので、四つ（午前十時）の刻限をだいぶ過ぎていた。

「おい、番方、子供が生まれたってな」

面番所の前で待ち受けていた風情《ふぜい》の隠密廻り同心村崎季光が仙右衛門に声をかけた。

「へえ、おかげさまで」

「やっぱり子が生まれると嬉しいものか」

「そりゃ、もう」

ふーん、と鼻で返事をした村崎が、

「娘か」

と訊いた。

「どうして分かりますな」

「そんな気がしておった。めでたいな」

ふだんの村崎らしくなく仙右衛門に祝いの言葉を述べ、面番所に入っていった。

その背を見送っていたふたりが会所の腰高障子を開くと、小頭以下若い衆全員が集まり、その前に黄色の水仙《すいせん》が大きな甕に活けられて会所の土間がいつもと違って華やいでいた。

「おめでとうございます、番方」

小頭の長吉が祝いの言葉を述べ、一同が和した。

「ど、どうしたんだ」

「黄色の水仙の花はわっしらの気持ちと言いたいが、わっしらは思いつきませんや。三浦屋《みうらや》の薄墨太夫《うすずみだゆう》が吉原出入りの花屋に前々から注文していたらしく、最前届いたんですよ」

「えっ、薄墨太夫からか、なんでだ」

と幹次郎を振り返った。

「祝いになんでだという言い草はあるまい。薄墨太夫の気持ちを有難く頂戴せぬか」

「魂消た」

仙右衛門が呟いた。

「日ごろから会所や番方には世話になっているからであろう」

「それはわっしじゃねえ、神守様だ」

「うちに祝いをしたくとも、子が生まれぬからな」

「神守様の代わりにうちに祝いの花か、ぶっ魂消た」

と同じ言葉を繰り返した。

「どう、赤ちゃんの生まれた気持ちは」

奥から玉藻《たまも》が姿を見せて訊いた。

「そりゃもう」

仙右衛門の顔が崩れていた。

「玉藻様、お芳さん似の愛らしい顔であった」

と幹次郎が報告した。

「そりゃ、よかったわ」

玉藻の言葉に会所の連中が期《き》せずして頷いた。

「娘でよ、番方のえらの張った顔に似てみな、男と間違えられるぜ」

金次が大仰《おおぎよう》に言ったが、仙右衛門は笑みを絶やさなかった。

「名前はまだよね」

「玉藻様、それが最前決まったので」

こんどは仙右衛門が、名の決まった経緯を披露した。

「名づけ親は神守様なの。おひなちゃんね、愛らしくて娘らしい名よ」

「それによ、神守様がその場で五七五まで創《つく》ってくれたんだ。その句を汀女先生が短冊にしてわっしらに贈ってくれることになったんだ。『緋桃咲く　時節を待ちて　ひな生まる』ってね」

「緋桃咲く　時節を待ちて　ひな生まる」

と指を折って五七五の字を確かめていた玉藻が、

「粋《いき》な祝いだわ。汀女先生の書く短冊、もう一枚書いて薄墨太夫に返礼に贈るというのはどう。私も欲しいわ」

玉藻が幹次郎を見た。

「姉様に頼んでおこう」

なんとなく会所に和《やわ》らいだ空気が漂った。

幹次郎と仙右衛門は四郎兵衛の座敷に通った。四郎兵衛は文机《ふづくえ》に向かってなにかを認めていた様子で振り向いて言った。

「名はひなですか、よい名を思いつかれましたな」

四郎兵衛は土間先の賑やかな話し声を聞いていたらしく、そう幹次郎に言った。

「思いつきでした。なんと番方とお芳さんの子の名づけ親になるとは」

四郎兵衛は文机から紙を取り、

「これでよいのですかな」

と幹次郎に見せた。その紙片には、ひなのために思いついた一句が認めてあった。

「おお、字面《じづら》で見ると一層華やいでやがる」

仙右衛門は満足げに破顔《はがん》した。

「短冊に汀女先生の手でこの句が成ると、番方、宝物ですよ」

「七代目、玉藻様が薄墨太夫にも渡せと言うんだが、わっしらが太夫に贈っていいもんかね」

「番方は薄墨太夫から花の贈り物をされたのであろう。お返しにそれ以上のものはあろうか」

四郎兵衛も言った。

「そうですね、なんぞ買って太夫にお返しするというのもおかしいや。ここは神守様夫婦お助けの一句を短冊にして贈るのがなにより。太夫も喜ばれよう」

幹次郎は、薄墨の心遣いを考えていた。花を贈るならば、なぜ柴田相庵の離れ屋にしなかったのか。

薄墨は、吉原の太夫が大門の外へお祝いをなすことを遠慮し、会所の番方に贈ったのではないか、とそんなことを幹次郎は考えた。

「番方、薄墨太夫の水仙の花をお芳さんに届けさせぬか。そなたはもう花を堪能したであろう。太夫の気持ちをお芳さんに伝えよ」

「そうだな、会所にあれほどの水仙の花があっても妙だよな。わっしが持ち帰ろう」

「それもよいが、若い衆に花活けに飾られたまま届けさせてはどうだ」

うん、という顔で仙右衛門が幹次郎と四郎兵衛を見た。

「そうですな。殺風景な会所に水仙の花もいいが、柴田相庵先生の診療所のほうが待っている患者の気持ちも和《なご》もう。お芳さんとひなの座敷にあの甕は持ち込めまい」

四郎兵衛が言い、

「ならば、金次らに届けさせます」

と仙右衛門が席を立った。

「子が生まれる話はよいものです」

四郎兵衛の声音に寂《さび》しさが籠《こも》っているのを幹次郎は感じた。

玉藻は、未だ独り身だった。親子の間で何度か玉藻が嫁に行く話は出たようだが、玉藻がその話をなぜか拒《こば》んでいると、汀女から幹次郎は聞いていた。

四郎兵衛もむろん孫がいてもよい歳だ。だが、これればかりは致し方ないと幹次郎は思い、話柄を変えた。

「面番所の村崎どのが番方の子は娘かと尋ねておりました。村崎どのの勘働きでしょうか」

「ああ、そのことですか。村崎家にふたりの倅がおることを神守様はご存じですか」

「以前にちらと聞いていた程度ですが」

「ふたりの倅の前に生まれたのが娘でございましてな。ふたつでしたか、誤って堀に落ちて水死したことがございました。ただ今生きておれば十六、七でございましょうか」

「そうでしたか、そんな哀《かな》しみを村崎どのは胸に抱いておられましたか」

村崎が実母すぎと嫁とうまくいっていないことはふだんのやり取りから察して

いた。だが、村崎がそのような哀しい出来事を胸に秘めていようとは、考えもしなかった。そこへ仙右衛門が座敷に戻ってきて、

「水仙は金次らが甕ごと天秤棒に吊り下げて運んでいきました」

と報告した。

「まずはひと安心」

と四郎兵衛が言った。

「番方、昨夜、葉三郎の通夜が川向こうの妙義寺で催された。そのことは承知だな」

幹次郎の問いに仙右衛門が頷いた。

「その場に南町の定町廻り同心桑平どのも出られて、集まった会葬の者にあれこれと訊いたが、葉三郎が地廻りから宗旨替えして、女郎に入れ込んでいるという話を知る者は常八しかいなかった。他には大した手がかりもなく源森川をあとにしたのだが、桑平どのが帰り舟の中で花川戸河岸の川越舟運の船問屋の嶋屋仁右衛門方を叩き起こそうと言い出してな。川越への船に乗ろうとしたふたり組のことをそれがし同席で質したのだ」

「夜中にですかえ。さすがに町方だな、やることが厳しい」

仙右衛門の言葉に幹次郎は番頭の香蔵から聞いた話を告げた。

「四郎兵衛様、昨夜来、あれこれと考えましたが、おこうと相手の男が川越に戻っているというたしかな証しはなくとも、一度川越を調べておくのも手立てではないかと考えが固まりました」

「ならば川越に行こうじゃないか」

仙右衛門が言った。

幹次郎は四郎兵衛を見た。

「番方、おこうは客を殺し、足抜した上に葉三郎の貯めていた大金まで盗んでいった女です。会所は決して許すわけにはいきません」

「へえ、承知です」

幹次郎は仙右衛門が張り切る気持ちを察していた。だが、

「正月はなにかと紋日が多うございます。番方とそれがしがふたりして、何日も会所を留守にしてようございますか」

幹次郎の言葉を待っていたように四郎兵衛が、

「こたびの一件、神守様にお願いしましょう。番方、おまえさんはひなが生まれたこともある。吉原に残ってこちらの御用を務めなされ」

四郎兵衛の命に仙右衛門が一瞬、えっ、という表情を見せた。

「七代目、お芳と赤子は元気です」

「はい。だが、神守様の申されるように正月はなにかと吉原が忙しいときです。ふたりして会所を空けるのはどうかと思います」

四郎兵衛が念を押すように同じ命を繰り返し、

「番方、おこうの一件に関心を持っているのは、うちだけではありませんでな」

「南町奉行所でございますか。隠密廻りの村崎同心が神守様に同行しますんで」

「村崎様は吉原のことですら満足に役に立ちません。神守様の足手まといになるだけです」

「とはいえ、南町から定町廻り同心が出張りましょうか」

「さあ、どうですかな。人ひとりを殺して百両を強奪《ごうだつ》した女を野放しにしておくのも、奉行所としては体裁が悪うございましょうな」

と四郎兵衛が言い、

「奉行所は別にして、うちでは神守様に使い走りの若い衆をつけて出張ってもらいます」

と最終的な決断をした。

「ならばこれから旅仕度をして川越へ出立します」

と幹次郎が応じた。

「川越舟運には船に出立の刻限がございます」

「江戸からの上り船は、時を要しましょう。徒歩で川越街道に向かうのはどうでございましょう」

「その手もありますな。ですが、私に考えがあります。明日未明にお発ちなされ」

四郎兵衛が幹次郎を引き留めた。

「相分かりました」

しばし考えた幹次郎は、座を外した。仙右衛門は、おこうの件から外されたせいで幹次郎に従おうとはしなかった。

幹次郎が向かったのは伏見町の五木楼だ。

「おや、神守の旦那」

遣手《やりて》のなみが迎えた。

「おこうの一件かね、話を聞いて驚いたよ」

となみが言うところに番頭の輿之助が出てきた。

「あの女はしたたかだね、寝小便はわざとだったたってね」

「自ら羅生門河岸に移るための狂言に吉原じゅうが騙されたのだ」

「吉原はおこうを見逃したままかえ」

「なみさん、それがしが川越へ向かう」

「よし、そうこなくちゃ、面白くありませんよ」

「ただし、おこうが川越に戻っているたしかな証しはない。なんでもよい、おこうが川越について話していたことを知る者は、この楼におらぬか」

興之助となみが考え込み、

「桜乃《さくらの》かね。おこうの寝小便に同情したのが桜乃だけでね、そんなわけでうちの中で一番仲がよかったよ」

となみが言った。

桜乃は五木楼に来て三年目とか。丸顔でぽっちゃりとしていた。

「桜乃、神守の旦那がおこうのことを知りたいとさ。うちもおまえも騙されたんだ、あいつをとっ捕まえるために川越まで行こうという旦那の役に立つことがあったら、なんでも話しな」

となみが命じた。

人柄のよさそうな桜乃が頷いた。

「番頭どの、なみさん、それがしと桜乃のふたりにしてくれぬか」

幹次郎の願いになみも輿之助も不満げな表情を見せた。

「客を殺してその形に身を窶して足抜した女である。会所の七代目もなんとしても生きて捕まえよと命じられたほどの女だ。そなたらが知らぬこともあるのだ、悪いが座を外してくれ」

幹次郎の言葉にふたりが表口から姿を消した。

昼見世が始まる前の刻限で、桜乃はすでに化粧をしていた。

「そなたがおこうと一番親しかったそうだな」

「とはいっても、話し込んだのは数えるほどしかありません」

桜乃は廓言葉ではなく江戸生まれか、訛《なま》りのない言葉で応対した。

「おこうの親父がこの楼と交わした書付は持っておる。ゆえに川越の住まいは分かっておる。だがな、この住まいが真とも思えぬのだ」

差し障りのないところで幹次郎は桜乃におこうの企ての一部を話した。

「神守様、おこうさんも親父様も最初から吉原を騙すつもりだった。客の瓦職人に狙いをつけて羅生門河岸に鞍替えしたと言われますか」

「まず間違いないところだ」

しばし桜乃は黙って考え込んでいた。自分が知るおこうと幹次郎が話したおこうの像との落差に戸惑っている感じだった。

「神守様、なにが知りたいのでございますか」

「おこうが川越のことを話したことがあるか」

「親父様は、川越舟運の船大工をしていたことがあるそうです」

「船大工とな」

「はい。ですが新造する船の下敷きになって腕と足を怪我して船大工は辞めたそうです。こちらに来たときも足を引きずっていました」

幹次郎は桜乃の言葉に頷くと、

「家について話したか」

「なんでも沼だか川の傍だったようで、吉原から隅田川の流れが見えないのがつらいと言うておりました」

「おこうに男がいたと思うか」

幹次郎はいったん話柄を変えた。

「おこうさんに好きな人ですか」

桜乃はしばらく黙り込んで考え、首を横に振った。

「おこうさんは一家で暮らしたいと言うてはいましたが、男の話は」

「出なかったか。いるとすれば年下のはずだ」

いいえ、とはっきり桜乃が言い切った。そして、

「いくら吉原に身売りしてきたとはいえ、朋輩に寝小便が知られるのはつらいはずです。それをおこうさんはわざと繰り返していたと申されますか」

桜乃が念を押した。

「羅生門河岸では自ら寝小便癖でこちらに移ってきたと言うていたが、寝小便をなした気配はないのだ。となると、寝小便をわざと繰り返して足抜がしやすい羅生門河岸に狙いをつけて移ったと考えるべきであろう。また地廻りの葉三郎が大金を貯めていたことも承知で吉原に入り、葉三郎だけに狙いをつけて殺したのだ」

幹次郎も桜乃が得心するように同じ言葉を繰り返した。

「おこうさんがそんな酷《ひど》い女だなんて思えません」

「だれもが騙されたのだ」

「私は信じたくありません」

「それがふつうの者の考えだ」

「神守様はおこうさんを捕まえに行くのですね」

「おこうは客ひとりを殺し、二十七、八年かかって貯めていた金子を奪っていった女子だぞ。許すわけにはいかぬ」

幹次郎の言葉に桜乃が小さく頷いた。

「必ずや江戸に連れ戻す。ただしその折りは吉原ではない。町奉行所のお裁《さば》きが待っていよう。裁きの結果ははっきりとしておる、死罪しか沙汰はあるまい」

桜乃が身を震わした。

幹次郎が立ち上がったとき、桜乃が左手に握りしめていたものを幹次郎に差し出して見せた。

「なんだな」

「おこうさんがこの楼を去るとき、私にくれたんです」

お守りだった。

江戸のものではない、川越のものか。

「桜乃、このお守り、しばらくそれがしに貸してくれぬか」

幹次郎の頼みに桜乃が黙って差し出した。

第三章　飛切船《とびきりぶね》

一

幹次郎が会所に戻ると、仙右衛門がにこやかな笑顔で迎えた。

「神守様、わっしに付き合ってくだせえ、お願い申します」

昼見世が終わって四半刻も過ぎていた。夜見世を前になんとなく吉原が長閑な時分だ。それにしても馬鹿丁寧な言葉遣いだ。

「それは構わぬが。どこへ参るな」

仙右衛門の様子から御用の緊張は見られなかった。

（なんであろう）

と訝しく思いながらも、跨《また》いだばかりの敷居を跨ぎ返した。

仙右衛門は、袱紗《ふくさ》に細長いものを包んで手にしていた。

(姉様が早、短冊を認めたか)

と思いながら、

「そなたに子が生まれたのだ。ひとりで挨拶《あいさつ》に参ればよかろう。付き添いなど要らぬのではないか」

「神守様、そう邪険《じゃけん》なことを言わなくてもいいじゃありませんか。相手は松《まつ》の位《くらい》の太夫だぜ。わっしはさ、自慢じゃないが、薄墨太夫の前に出ると緊張で挨拶もできねえや。だから付き添いを願ったんでさ」

「驚いたな」

「なにが」

「吉原生まれ吉原育ちで会所の番方だ、太夫などたくさん見てきたであろうが、そんな気持ちを持っておったとはな」

「神守様は薄墨太夫の前に出ても緊張しないですな」

「薄墨太夫の前でな、さようなことを感じたこともない」

幹次郎はそう断言した。だが、胸の内には明かせない秘密があった。

薄墨太夫は幹次郎とふたりのとき、

加門麻《かもんあさ》として付き合ってほしいと願っていた。このことを知るのは幹次郎と汀女だけだ。そして、汀女と麻は姉妹のような間柄であり、太夫とはいえ籠の鳥の麻が幹次郎に思慕《しぼ》の心を持っていることも汀女は承知していた。

麻とふたりきりになった折り、幹次郎は緊張ではないが格別な感情に襲われる。このことを仙右衛門に話すわけにはいかない。

「だから誘ったのよ。薄墨太夫は武家の生まれだ、見識《けんしき》も美貌《びぼう》も人柄も文句なしだ。新吉原になって太夫と呼ばれる遊女はいつの時世にもいたが、薄墨は間違いなく三本の指に入る太夫ですぜ。あの静かなる威厳《いげん》に、わっしは言葉がつっかえて口が利けなくなるんだ」

「驚いたな」

幹次郎は仙右衛門の初心《うぶ》な気持ちが微笑ましかった。

いや、吉原生まれの番方だけに太夫に上り詰めた者の血を吐くような努力を承知していた。ゆえに番方は薄墨の威厳と貫禄に気圧《けお》されるのかもしれないと、幹次郎は考え直した。

この刻限、天女池《てんにょいけ》の野地蔵《のじぞう》参りに出かけているのでは、と思ったが京町一丁目の三浦屋へと足を向けた。

ふたりが暖簾を潜ると遣手のおかねが遊女の小百合《さゆり》に小言《こごと》を言っている気配であった。小百合は中堅《ちゆうけん》の遊女で姉《ねえ》さん株だ。

「おや、会所のお歴々、ふたり揃ってなんだえ」

おかねが注意を訪問者に向けた隙に、小百合がこれ幸いとその場から逃げ出した。

「おかねさん、願いごとがある」

仙右衛門の声がすでに裏返っていた。

「なんだい」

「薄墨太夫にお会いしたい」

「えらく鯱《しやちほこ》ばった言い方だね」

おかねが幹次郎を見た。

「番方は薄墨太夫にお礼が述べたいのだ」

「ああ、お芳さんに子供が生まれたってね」

「おかねさんよ、わっしの子だ」

「そりゃ、そうだ。男と女がいなきゃあ、子が生まれない道理だ。太夫は内証《ないしよう》で旦那と女将さんと話していなさるよ。上がりなされ」

おかねが招じ上げようと仙右衛門を誘った。

仙右衛門が頼むという顔で幹次郎を見た。

「それがしは供だ。供は入り口で待つのが世間の習わしだ」

「そ、そう言わないで頼みますぜ」

仙右衛門が願い、

「番方、熱でもあるのか。いつもと違うよ」

とおかねが訝しい顔を番方に向けた。

「子供が生まれて、いささか緊張しておるのだ」

幹次郎はおかねにそう言うと、草履《ぞうり》を脱いで大階段のある板の間に上がった。

大楼だ。あちらこちらから人の気配がして、夜見世に向けて三浦屋は仕度に入っていた。

仙右衛門も板の間に上がった。

「ここからは番方が正使《せいし》だ、それがしは付き添いだ」

刀を腰から外した幹次郎は、仙右衛門を前に押し出した。

「わっしが前か」

「三浦屋を初めて訪ねるわけではなかろう」

と幹次郎に言われながら、仙右衛門は大階段の傍らを通り、奥の帳場に向かった。帳場では表での話が伝わっていたらしく、三浦屋の主夫婦と薄墨太夫の三人の顔が訪問者を迎えた。

「番方、子が生まれたってね。おめでとう」

女将に先手を打たれた仙右衛門が、

「そ、それなんでございますよ、三浦屋の女将さん」

「なにかお芳さんか子に厄介があるのかい」

「いえ、そうではございません。母子ともに至って壮健《そうけん》にございます」

帳場の敷居を跨ぐのを躊躇《ちゅうちょ》した仙右衛門の背を幹次郎が押した。

仙右衛門は三浦屋の夫婦に一礼すると、薄墨太夫の前にぺたりと座った。

「太夫、最前はうちの子に祝いの花を頂戴しまして、全く思いがけないことに恐縮しております」

「えっ、わざわざお礼に見えたのですか」

太夫は廓言葉ではなく仙右衛門に問い返した。

「太夫から祝いを頂戴するなんて考えもしなかったんだ。だから、神守様に言われて会所から柴田相庵の診療所に届けたところです。太夫、有難うございます」

仙右衛門がぎくしゃくとした挙動《きょどう》で頭を下げた。

薄墨が幹次郎を見た。

「驚いたことに番方は、太夫の前で一対一になると言葉も出ぬそうだ。ゆえにそれがしが付き添いを頼まれたのだ」

薄墨が両目を見開いて仙右衛門を見た。

「番方とは長い付き合いですよ。そんなことがあるなんて考えもしなかったわ」

「それがしも同じ言葉を吐いたところじゃ。ともかく番方は、太夫から赤子の誕生祝いの花を頂戴したことが格別に嬉しかったのだ」

「ようございました」

ようやく薄墨太夫の顔に笑みが浮かんで、その場が和んだ。

三浦屋の主と女将が声を上げて笑い出した。

「番方は廓生まれですよ。太夫なんぞ飽きるほど見てきたろうに」

四郎左衛門《しろうざえもん》が笑いながら問うた。

「四郎左衛門様、薄墨太夫は別格だ。太夫になるべくしてなった本物の太夫です」

仙右衛門が言い切り、

「たしかにそうだが、番方がね」

と訝しそうに首を傾げた。

「おまえさん、お芳さんも廓生まれで才気《さいき》もあれば美形でもある娘でした。一時、お芳さんが遊女になれば松の位まで上り詰めるよって話がありましたね」

「おお、昔の話だ。だが、お芳さんは廓の外で生きていくことを選んだ」

「だけど番方と所帯を持って、今も吉原と繋がってますよ」

「そういうことだ」

しばらく三浦屋の夫婦だけの問答になった。

その間にもじもじする仙右衛門に幹次郎が、

「番方、なにか忘れておらぬか」

と思い出させた。

「おお、そうだ。太夫、花のお礼というんじゃないが、受け取ってくんな」

仙右衛門が袱紗包みを不器用に差し出した。

「なんでしょう」

開けてもよいかという表情で幹次郎の顔を薄墨が見た。幹次郎が頷き返すと、

袱紗を開いた薄墨太夫が短冊を見て、

「まあ」

としばらくその表を見つめ続けた。そして、

「緋桃咲く　時節を待ちて　ひな生まる……」

薄墨が穏やかに微笑んだ。

「汀女先生の筆跡《て》ですね」

と呟いた薄墨が三浦屋の主夫婦に見せた。

「おーお」

主の四郎左衛門が句に添えられた絵を見て感嘆《かんたん》の声を上げ、

「桃の葉の舟にお芳さんと子が相乗りしてござる」

と言い、

「ひなってなんだろう」

と女将が疑問を呈した。

「女将さん、うちの娘の名です、柴田ひな」

「おひなさんなの、いい名だわ」

「神守様が名づけ親でしてね、その五七五も汀女先生に催促《さいそく》されてその場で詠ん

だ句なんですよ」

仙右衛門が三人に説明した。

その間、薄墨は短冊の裏の名に目を、じいっと留めていた。

そこには、

「句　神守幹次郎
書　　汀女」

とあった。

「緋桃咲く　時節を待ちて　ひな生まる」

もう一度呟きが薄墨の口から漏れて、

「番方、過分な返礼です。このような短冊を頂戴して、私は幸せ者です」

と言う薄墨の目が潤《うる》んで見えた。

「番方が桃の葉の舟か。桃の花を象《かたど》ったお芳さんとひながなんとも愛らしい。それがしの思いつきがかような短冊になり、薄墨太夫の手に渡ろうとは、それがしこそ果報者《かほうもの》にござる」

「いえ、これは金子で購《あがな》えるものではございません。番方、短冊、加門麻の宝物にします」

薄墨が本名で仙右衛門に礼を述べた。

ふうっ

と仙右衛門が大役を果たした体で大きな息を吐いた。

「太夫、神守様夫婦が吉原に縁を持ってどれほど吉原は助けられているか。そう思いませんか」

「旦那様、神守様夫婦は心強い支えにございます」

薄墨が言い切り、幹次郎を見た。

「いえ、われら夫婦こそ、吉原にて生きる場を見つけてございます」

「七代目に聞きましたが、旧藩から藩に復帰せよとの命があったそうな」

「われら夫婦、吉原が生きる途《みち》でござる。もはや武家奉公など御免こうむります」

「それを聞いて安心しました」

と答えた四郎左衛門が、

「太夫に先を越されたが、番方、うちは金子でしか祝いができぬ。野暮《やぼ》と思わんでくだされよ」

長火鉢の引き出しから奉書紙《ほうしよがみ》に包まれた祝い金を仙右衛門に差し出した。

「四郎左衛門様、とんでもねえこってす。本日は太夫に返礼に参ったのでございます」

「まあ、そう言いなさんな。ひなちゃんの産着代《うぶぎ》だ」

四郎左衛門に押しつけられた仙右衛門は、また狼狽《ろうばい》して幹次郎の顔を見た。

「一生に何度もあることではあるまい。三浦屋様のお志《こころざし》、素直に受け取られよ」

幹次郎の言葉を受けて、仙右衛門が三浦屋夫婦に深々と頭を下げた。

「羅生門河岸でえらいことが起こったようですな」

四郎左衛門が話柄を変えた。

幹次郎が頷き、およそのことを話した。

「素人女は怖いね。そこまでするかね」

と女将が嘆息《たんそく》した。

「明日にもそれがしが川越に行って参ります」

「おこうって女が川越に戻っているたしかな証しはございますので」

「四郎左衛門様、戻っているかどうか、連れの若い男次第でござろう。まあ、五分五分と見ました」

「年下の男と神守様は申されましたか」

と薄墨が幹次郎に質した。

「ふたつ三つ年下のようです」

「五木楼に売られる以前からの男かね」

と女将が幹次郎に問うた。

「まず間違いなかろうかと思います。伏見町の五木楼には精々《せいぜい》半年しかおらず、その間に寝小便癖で馴染の客もいなかった。となると、吉原以前からの男と考えるのが自然です」

「若い男と女が吉原相手に騙しを企てましたか。五木楼の十右衛門さんは、吉原でも人情家。楼主には向かないぐらいのお方ゆえな、女衒抜きで直に取引して騙されることになった。気の毒ですな」

「早い機会におこうと相手を見つけることができれば、瓦職人の葉三郎さんの金子と五木楼の損分をいくらかでも取り戻せるのですがな」

「葉三郎って瓦職人は、独り身なんでしょ」

と女将が幹次郎に訊いた。

「独り身です」

「取り戻したところでどうなるものでもないわね」

「ふたりは罪もない客ひとりを殺して足抜しています。吉原にとって許せることではございません。金子は別にして吉原会所の面目にかけておこうを捕まえよとの七代目の命です」

と幹次郎が言い切った。

「おお、そうだ。こたびのことを取り逃がすと足抜の真似をする輩が次々と出てきますよ」

「はい」

と応じた幹次郎は、どことなく安堵した感じの仙右衛門に辞去《じきょ》しようと目で合図した。

「うむ」

仙右衛門はなんとなく他のことを考えているようだった。

「神守様、うちにも薄墨太夫と同じ短冊が来るんですよね」

「それがうちの祝いだ。当然姉様が太夫とは別のものを用意していよう」

「そうか、安心した」

仙右衛門が言い、帳場座敷から立ち上がった。

「今日の番方はおかしいね。神守様、いっしょに川越に行くのですか、使い物になりそうにないよ」

女将が言った。

「番方は吉原に残るように七代目が命じられました」

「よう見ていなさる。番方の調子は当分戻らないとみましたかな」

四郎左衛門が笑った。

大階段の前まで薄墨がふたりを見送ってきた。胸に短冊を当てて大事そうに抱えていた。

「桃の節句に垂撥《すいばち》に短冊を入れて飾ります」

幹次郎には垂撥とは聞き慣れない言葉だった。

「太夫、すいばちとはなんでござろうか」

「幹どの、桃の節句にお招きします、お出《い》でなされ。垂撥が見られます」

と汀女の口真似で答えた薄墨が、

「最前の話ですが、おこうという女子、心底性悪《しょうわる》な女子のように思えます。重々気をつけてください」

と幹次郎の川越行きを案じ、幹次郎も頷き返した。

会所に戻ると長吉らが祝い金を集めたか、

「番方、わっしらの気持ちだ」

と差し出した。

「なに、あちらでもこちらでも祝い金か。小頭、気遣いは無用に願いたいな。これで図に乗ってふたり目三人目とお芳が産むぜ」

「物事は最初が肝心《かんじん》だ。二番目以下には祝い金なしだ」

長吉が仙右衛門に祝い金を渡すのを横目に幹次郎は奥へと通った。明日からの川越行きを相談するためだ。

「ご苦労でしたな」

四郎兵衛は幹次郎がどこへなにをしに行ったか承知のようで労《ねぎら》いの言葉をかけた。

「明日、川越へ向けて出立してようございますか」

「金次をつけます。明朝、船で行かれませ」

「上り船は日数を要しましょう」

川越舟運は下り船は一夜で江戸へと到着するが、上りとなると船頭が綱で曳《ひ》き上げるので二、三日を要した。

「明朝、七つ半(午前五時)までに魚河岸《うおがし》のある地引河岸《じびき》にお出でなされ。川越行きの飛切船《とびきりぶね》が出ます。その船にふたり、乗れるようにしてございます」

と四郎兵衛が言った。

飛切船とはなにか。

幹次郎は、事情が分からないままに四郎兵衛の命を受けた。

二

七つ(午前四時)時分、金次が柘榴の家の門前に幹次郎を迎えに来た。すでに幹次郎は旅仕度を終えて金次を待ち受けていた。

黒介が、みゃうみゃう鳴いて訪問者の到来を告げ、汀女と門まで見送りに出た。

「お早うございます。汀女先生、おれが神守様の供で川越に行きますので、ご安心ください」

と神妙《しんみょう》に挨拶した。

「お願いします」

と応じた汀女が、

「金次さんは川越をご存じなの」

と訊き返した。

「川越がどっちにあるかさえ知らねえ」

と答えた金次が、

「いえ、知りません」

と言い直した。

「なんだか妙だな」

幹次郎が汀女から塗笠《ぬりがさ》を受け取りながら金次を見た。

「妙、ですか」

「他人行儀《たにんぎようぎ》ではないか」

「そうかな、そうかもしれないいな」

と金次が答えた。

「七代目になにか言われたか」

「いえ」

と答えた金次が、

「その代わり、番方から、おれの代わりに神守様に従うんだ。いいか、小生意気な口を利いたり、勝手な真似をするなって、昨晩懇々《こんこん》と小言を言われました。赤子が生まれると小うるさくなるのかね」

と最後は独《ひと》り言《ご》ちた。

「思い当たることがあるのか」

幹次郎の問いに金次はしばらく考えていたが、無言で頷いた。

「あるなれば直すことだ」

「へえ」

相州《そうしゅう》五郎《ごろう》正宗《まさむね》十哲《じってつ》のひとり佐伯《さえき》則重《のりしげ》が鍛造《たんぞう》した刀を腰に差した幹次郎と金次の背に汀女が火打ち石を打ち、

「恙《つつが》なく御用が済みますように」

と声をかけた。

「姉様、黒介、出かけてくる」

と幹次郎が声を残して金次を従え、柘榴の家を出た。

新春の七つはまだ暗かった。

「七代目に七つ半には地引河岸に居《お》るようにと固く言われた。急ごうか」

幹次郎と金次は魚河岸のある日本橋川へと急いだ。

金次は幹次郎のあとに黙って従ってきた。

会所の長半纏を裏にして着込み、股引《ももひき》に足袋草鞋《たびわらじ》がけだ。袷の裾は後ろ帯にたくし上げ、三度笠《さんど》と風呂敷包みを背に負っていた。旅で使う手拭いなどが入っているのだろう。

幹次郎も汀女が用意した着替えなどを入れた道中嚢《どうちゅうぶくろ》を負っていた。吉原会所の道中手形《どうちゅうてがた》をふたりして懐に持参していた。

旅慣れた幹次郎の足に従ってきた金次が魚河岸に着いて、ほっと安堵の声を漏らした。

「神守様よ、足が速《はえ》えな。いえ、速《はよ》うございます」

と言い換えた。

「金次、言葉遣いを番方に注意されたようだが、丁寧過ぎてもおかしい。相手に対してそれなりの敬意を示すなれば、いつも通りの言葉でよい。それよりわれらの旅は御用ということを忘れるでない」

「へえ」

と答えたところに水夫風の男が、

「吉原の神守様にございますか」

と声をかけてきた。

「いかにもそれがしが神守幹次郎。従っておるのは金次だ。よしなに頼む」

と幹次郎が願い、着ている半纏から魚の匂いが漂う男が地引河岸に泊まる船に案内していった。

船はすでに仕度を終えていた。

飛切船とはなんと魚を運ぶ船だった。

「神守様、七代目からくれぐれも宜《よろ》しくと願われておりますよ、船頭の伴次郎《ばんじろう》でさあ」

いかにも速そうな船の艫《とも》にいた鯔背《いなせ》な中年男が幹次郎に声をかけ、

「ささ、乗ってくだせえ。供がお待ちですぜ」

とおかしなことを言った。

飛切船には水夫が五、六人乗り込んでいて、幹次郎と金次が乗り込むと直ぐに舫いが外され、棹《さお》が岸に突き立てられて日本橋川を下り、大川へと向かっていった。

他の船に比べて船足が格段に速かった。

一気に日本橋川を下ると折りからの満ち潮に乗って上流へと滑《すべ》り出し、

「帆《ほ》を上げえ！」

伴次郎船頭の命で帆柱が立てられ、一枚帆が引き上げられた。すると帆が風をはらんでさらに船足を増した。

「おい、いつまで立っておるのだ。船頭の邪魔になるではないか」

と声がして幹次郎が振り向くと、帆柱の下に座布団を敷いて南町奉行所定町廻り同心桑平市松が幹次郎の顔を見上げていた。

「なに、定町廻り同心どのが川越へお出張りか」

「そなたの邪魔は決してせぬ。なにしろ、わしの福の神じゃからな、神守幹次郎裏同心どのは」

桑平が平然とした顔で応じた。

幹次郎は腰から刀を外し、桑平の傍らの座布団に座った。

金次は南町奉行所の定町廻り同心を避けたか、飛切船の舳先に座を占めた。

「さすがは裏同心どのだ。飛切船を承知であったか」

「飛切船もなにも川越舟運は初めて。七代目の命に従い、地引河岸に着いたところであった」

「そうか、なにも知らぬか」

桑平が腰の煙草入れを外すと煙管を出した。それを見た金次が急いで水夫に願い、煙草盆を運んできた。

「おお、うちの小者《こもの》より気が利くな」

火種が入った煙草盆を引き寄せた桑平が、

「譜代《ふだい》大名が支配する川越と江戸の間に舟運が通じたのは、たまさかのことだ。寛永《かんえい》十五年（一六三八）というから百五十三年ばかり前に、川越城下にある仙波《せんば》東照宮《とうしようぐう》が大火のために焼失した。そこで神君家康《しんくんいえやす》様を祀《まつ》った神社の再建のために江戸より荒川《あらかわ》、新河岸川《しんがしがわ》を利用し資材を運んだ。それがきっかけでな、松平信綱《のぶつな》様が川越藩主になられたあと、伊佐沼《いさぬま》から流れ出る新河岸川を大きく改修して流れを緩やかにし、水量も時節を通して涸《か》れぬようになさった。新河岸川のあちこちに河岸を造り、七里半（約三十キロ）を舟運のために整備したのだ。新河岸川を抜けると荒川だ。一気に江戸へと向かう舟運が誕生したというわけだ」

幹次郎はさすがに南町の定町廻り同心は伊達《だて》ではないと感心した。

「ついでだ、講釈を続けようか」

桑平は煙草に火種を移して、旨《うま》そうに一服した。

紫煙《しえん》が風に飛び散っていく。

船は帆に風を受けて満ち潮に乗り順調に新大橋《しんおおはし》から両国橋《りょうごくばし》へと向かっていた。

「この船は箱崎河岸に泊まりませぬか」

「飛切は川越まで一気だ」

と受けた桑平が、

「川越舟運には並船《なみぶね》、早船《はやぶね》、急船《きゅうぶね》、飛切船の四種がある。基点は江戸ではない、すべて川越だ。並船は川越の上下《かみしも》の新河岸から花川戸河岸まで一往復に七、八日から二十日ばかりを要する荷船《にぶね》だ。荷船ゆえ定期的に出るわけではない。年貢米《ねんぐまい》の季節などは一日に何隻《せき》も出る。早船は乗合客を主にして、ときには荷も合わせて載せる屋形船《やかたぶね》だ。一六《いちろく》、二七《ふたしち》、四八《よっぱち》などと呼ばれ、一六なら一日に川越を出て江戸を往来して次に六日にまた江戸に向かう。急船は一往復が三日から四日で行く荷船だ。

さて、この飛切船はな、昨日下ってきたものが魚河岸で川越の分限者《ぶげんしゃ》が食する魚を積んで、一気に川越に戻る格別な船だ」

「町奉行所の役人ならではの話にござった。本来ならばお魚様が主役のところ、町奉行所のお役人が乗っておられる」

「わしばかりではなかろう。吉原会所の七代目もこの船に目をつけたというわけだ」

「今日中に川越城下に着きますか」

「この船足は戸田《とだ》河岸までも続くまい。新河岸川に入れば、人足らが曳き綱で曳き上げることになる。まあ明日の朝までに着くと思えば間違いなかろう」

桑平は川越舟運に詳しいようでそう答えた。

「飛切に乗っている間、われらがなすことはなにもない。裏同心どののもふだんがふだんじゃ。川景色をのんびりと楽しんでいくことじゃな」

桑平の言葉に答えるように船頭の伴次郎のさびた舟唄が響いた。

ハアー
押せよ押せ押せ　二挺櫓《ちょうろ》で押せよ
アイヨノヨー
押せば千住《せんじゅ》が近くなる
アイヨノヨトキテ朝ダチカイ

「桑平どの、船旅も悪くない」

飛切船は花川戸河岸を横目に一気に吾妻橋を潜り、唄の通りに千住大橋へと向かって順調に遡《さかのぼ》っていく。

満ち潮もここまで来ると弱くなり、風もやんだ。

「櫓《ろ》にかかれ」

主《しゅ》船頭の号令一下、水夫たちが二挺櫓に三人ずつ取りつき、漕《こ》ぎ始めた。ふたたび船足が上がった。

千住大橋が見えてきた。

金次がふたりにお茶と握り飯を運んできた。

「気が利くな」

と桑平が金次に話しかけた。

「なんでも御用を命じてください」

「分かった」

金次はよほど仙右衛門に厳しく注意を受けたと思える。金次は兄の保造《やすぞう》が吉原会所の若い衆だったが、御用の最中に殺された。ために兄の跡を継ぐように鳶《とび》だった金次が会所勤めを始めた。

それから四年余の歳月が過ぎ、会所勤めに慣れたか、手を抜かないまでもどこか甘えが生じていた。そのことを番方の仙右衛門が厳しく注意したのだろう。

「朝餉は握り飯で我慢してください、昼餉《ひるげ》は新河岸川に入る辺りだそうです」

と水夫から話を聞いたか、伝えた。

「われら、座しておるだけだ。この握り飯で昼餉抜きでも大丈夫だ」

と幹次郎が答え、金次が頷くと、艫《とも》に行った。そして、櫓を漕ぐ水夫になにかを頼んでいる様子だったが、そのうちのひとりと代わって櫓を漕ぎ始めた。鳶が前の勤めのはずだが、金次は意外と器用に櫓を漕いだ。

「おい、会所の若い衆よ、新河岸川でへばらないようならばよ、吉原をしくじった折りには飛切で雇ってやろうかよ」

と伴次郎船頭が笑いを含んだ言葉をかけた。

「船頭さんよ、今のところは会所勤めを辞める気はねえよ」

「そうか、なんにしても頑張って漕げよ。飛切の主様は、お魚様じゃ。鮮度がいいうちに届ければ旦那衆からご褒美《ほうび》が頂戴できるんだよ」

そんなやり取りが飛切船の上を流れて、櫓を漕ぐ水夫たちの弾《はず》む息遣いが混じった。

「侍はなんの役にも立たぬものじゃな」

桑平が茶を喫して苦笑いした。

「もはや刀は飾り物、致し方ござらぬ」

「だが、おぬしはその刀で飯を食っておる。立派なものじゃ」

「皮肉に聞こえるのはそれがしの聞き違いですか」

「聞き違いじゃ、心からそう思うておる。ゆえに旧藩から再仕官の話が舞い込んだのであろう」

幹次郎は握り飯を食う手を止めて、桑平を見た。

「定町廻り同心という者、耳敏《みみざと》いでな」

「まさか内情までご存じありますまい」

「無能な重臣が他藩の者との賭け碁《ご》にうつつを抜かして、刀で勝負をつけるとかつけぬとか。刀で決着をつけるならば、己たちが刀を抜き合えばよかろう。ところが代役を立てるだと。神守幹次郎は、さような頼みに乗る男かどうか、武士が主の世の中はとっくの昔に終わっているということを承知しておらぬ、馬鹿者たちよ」

桑平市松は、定町廻り同心として市井《しせい》の者を相手に務めを果たしていた。その

上、城勤めの旗本、大名家に奉公する武家方からは、

「不浄役人」

として武家扱いを受けてもいなかった。だが、時世は明らかに商人が主導していることを肌身で感じていた。

「驚きました」

と幹次郎が言うと、桑平は、

「大した話ではない」

とあっさりと言いのけた。

「われら夫婦、吉原に救われて一人前の暮らしができるようになりました。その上、家まで頂戴した。藩に戻る気はありません」

「神守どの、その者たちが潔《いさぎよ》くそなたを諦めるとは思えぬ。気をつけられよ。なんぞ手助けできることがあれば、言うてくれ。なあに、町奉行所の定町廻り同心は、侍のうちにも入れてもらえぬ身分じゃが、大名家の隠したい秘密のひとつや二つ、隠し持っているものでな。あやつら、武家の体面しか考えぬ輩ゆえ、意外とこの手は利くのだ」

と桑平が言いのけた。

「その折りはお願い申す」

と答えた幹次郎は、

「こたびの一件、よう奉行所がお許しなされましたな」

「上役の秘密も持っておる。だが、こたびの一件、そなたが行くことが大きな鍵なのだ」

「えっ、それがしと南町奉行所とどのような関わりがありますので」

「このところ、そなたが南町に貢献して事件を解決したことがいくつもある。ゆえにそなたが傍におれば、町奉行所が監督する御免色里《いろざと》で客を殺し、足抜した女と相手の男を捕まえることができると力説したのだ。なにしろ百両もの大金を強奪した女子だ、南町の手柄になるならば、と許してくれたのだ」

幹次郎は桑平の顔をまじまじと見た。

驚きは、桑平がこれまで幹次郎が関わった騒ぎをすべて己の手柄とせずに、上役に報告していることだ。

「それがしが川越に行ったところで、おこうを見つけられるとはかぎりませぬ。いや、並みの者の考えなれば、上方《かみがた》などに逃げたと推量しましょう」

「だが、おぬしはおこうと相手の作造《さくぞう》が川越に舞い戻ったほうに賭けた」

「おこうの相手は作造というのでござるか」

「ほう、裏同心どのも知らぬことがあるのか」

「知らぬことだらけにござる。作造とは何者です」

「おこうの従兄弟《いとこ》だ。歳は十九ながら板橋宿《いたばししゅく》の賭場《とば》で人ひとりに怪我をさせて逃げておる。おこうと作造は物心ついたときからの知り合い、間違いなくおこうが吉原に身売りした背景には作造の知恵が入っている」

と桑平が言った。

「作造も川越の生まれでござるか」

「城下外れの伊佐沼の川漁師の倅と聞いた。歳は若いが一端《いっぱし》の悪党とみたほうがいい。細身《ほそみ》だが力も強く、匕首を器用に使いこなすらしい」

桑平が作造について話し終えた。

「そなた、なんぞおこうについて新たな話を知らぬか」

「残念ながら知りませぬ。あの女、吉原にできるだけ自分の臭いを残さぬように足抜をしてくれました。ゆえに作造の存在すら、われら摑んでおりませんでした」

「川越と江戸の間、川越舟運にも関わりがある板橋宿で賭場に出入りした野郎だ。

江戸を承知とみたほうがいい、吉原にも素見として出入りしていたはずだ。この作造が地廻りの葉三郎と接点がなければならぬ」

「中ノ郷瓦町を当たりましたか」

「当たった。だが、今のところ作造が瓦職人として勤めていた気配はないのだ。どこかで作造は金を貯め込んでいる葉三郎を知って、こたびの殺し、足抜、百両の盗みと一連の絵図面を描いたはずだ。おこうは作造の指図に従っただけだと思える」

桑平の推量に幹次郎は頷いた。

幹次郎は桑平から新しい話を聞いて、ふたりが川越に戻ったと決めつけたのは正しかったかどうか、迷いが生じた。

意外と江戸のどこかで住み暮らしているのではないか。その話をすると桑平が、

「そのときは江戸に戻って女子と野郎を狩り出すだけさ」

とあっさりと答えた。

飛切船は、この界隈では戸田川《とだがわ》と呼ばれる荒川を、戸田河岸を目指して遡行《そこう》していった。

櫓の助っ人に加わった金次は、未だ頑張っていた。

伴次郎船頭が櫓方を励ますように歌い出した。

ハアー　男の山師は　いくらもいるが
アイヨノヨー
女の山師に　だまされた
アイヨノヨトキテ夜下リカイ

三

荒川沿いの箱崎、花川戸、千住、尾久《おぐ》、豊島《としま》、熊ノ木《くまのき》、野新田《やしんでん》、赤羽《あかばね》、川口《かわぐち》、浮間《うきま》、小豆沢《あずさわ》、戸田、蠣殻《かきがら》、赤塚《あかつか》、早瀬《はやせ》らの船着場を横目に飛切船は、新河岸川に入る前に、芝宮《しばみや》河岸で初めて休んだ。

昼餉を食するためだ。

幹次郎は桑平市松に案内されて河岸にある二軒の回漕店《かいそうだな》のひとつ、塩屋《しおや》の敷居を跨いだ。

「おお、これは南町の桑平の旦那ではございませんか」

旅姿の桑平同心とは顔見知りか、塩屋の番頭が桑平に挨拶した。

「繁三《しげぞう》、元気そうだな」

「まあ。体が丈夫なことだけが取り柄でございます。飛切船で川越に御用でございますか」

「まあ、そんなところだ。そうだ、繁三に顔合わせしておこう」

桑平が幹次郎を振り返った。

繁三も同行の幹次郎を奉行所の者ではないな、という顔つきで見ていた。

「同じ同心じゃが、こちらは吉原会所の裏同心神守幹次郎どのだ。吉原を訪ねる折りはこのお方に遊女の口利きを願え。よい遊女に当たろう」

と桑平が冗談交じりの口調で言った。

「ああ、存じております。お客様から吉原には凄腕の用心棒が、いえ、お武家様がおられると度々聞かされておりますでな。このお方が裏同心様で」

「様をつける要もない。会所の用心棒に変わりはない、神守幹次郎にござる。よしなにな」

「なんともっと恐ろしい顔つきのお方と勝手に思うておりました。整った顔立ちではございませんか、それにお優しいそうだ」

「繁三、急に馬鹿丁寧になりやがったな。神守どのの外見や言葉遣いで甘くみた悪人ばらがどれほどあの世で後悔していることか」

「桑平どの、それがしをいたぶるのはいい加減にしてくれぬか」

「いたぶる気などこれっぽっちもないぞ、神守どの。ともかくこの先に難所が待ち構えておる。しっかりと体を休めておくことだ」

「われら、船に乗って楽旅をして参りました。格別に体を休める要がございますかな」

「まあ、百聞は一見に如《し》かずよ」

女衆が座敷のふたりに茶と膳を運んできた。

膳は三つあった。三つ目の膳は金次のためではなくて、船頭の伴次郎がふたりと共に昼餉を食するようだ。

幹次郎が金次はと見ると、水夫たちと仲よくなったのか、すでに土間でいっしよに飯を搔き込んでいた。

「船頭どの、楽旅をさせてもろうておる」

と幹次郎が礼を述べた。

「大変なのはこれからでございましてな。とはいえ、おふたりになんぞ手伝《てつど》うてもらう気はございませんがな、のんびりと辺りの景色を楽しんでいってくださされ」

伴次郎が茶碗を手にして喉を潤した。

「これから急流に差しかかるのであろうか」

幹次郎がどちらにともなく訊いた。

「荒川の本流はこの河岸まで、この先は新河岸川に入るのよ」

と桑平が言うと、伴次郎が、

「櫓から棹に変わります。新河岸に入ると九十九曲《くじゅうく》がりに差しかかりますでな、水夫にのっつけ人足が加わりましてな、土手道を綱で飛切船を曳き上げるのでございますよ。のっつけ人足は新倉《にいくら》辺りの百姓衆の内職でございまして、新倉から川越まで麻縄で曳き上げて日当《ひあて》がもらえるのですよ。飛切は早船より高い日当でしてな、米七升ほど購える日当を払いますで、黙っていてものっつけは集まってきます」

「伴次郎、おれは飛切船を曳く気で、武者草鞋で足を固めてきたぞ」

桑平は冗談か本気か、そう言った。

「桑平の旦那や吉原会所のお侍にのっつけを頼めますか。まあ、船から人足の仕事ぶりを見ていてくださいい」

と伴次郎が言い、飯を食いにかかった。

「伴次郎、そなたの家は爺様も親父様も飛切の船頭であったな」

「へえ」

桑平が伴次郎に尋ね、箸を止めた伴次郎が答えた。

「高瀬船の下敷きになって手足が使えなくなって辞めた笹平《ささへい》って船大工を知らないか」

「川越には何十艘もの高瀬船がおりますでな、船大工も半端な数じゃございません。笹平ね」

と伴次郎が首を捻《ひね》った。

「その船大工がなんぞやらかしましたかえ」

伴次郎の反問に桑平が幹次郎を見た。

幹次郎は伴次郎の言動を見、また、水夫たちが船頭に畏敬《いけい》をもって接しているのを見て信頼できる人物と察していた。

幹次郎は桑平に頷き返し、差し障りのないところで川越の元船大工、娘、そして若い男の三人の男女が吉原を舞台に瓦職人を殺して足抜し、瓦職人の貯め込んでいた金子を奪い取った話をした。

「なんとね。娘の名はなんというんでございますな」

「吉原でも本名と同じおこうで出ておった。この女の従兄弟が一枚噛んでおるが、作造という名だ」

「まむしの作造ならば承知しています。十五、六のときから一端の悪《わる》ですよ。川越を食い詰めて板橋宿なんぞで悪さを繰り返していたようだが、女と組んで吉原でひと稼ぎしましたか。作造の家は伊佐沼の岸の川漁師にございましてな、作造も一時、川漁師やら川越舟運の水夫をやったことがございましたが、細身のわりには力も強い。ですが、地道な仕事は長続き致しませんでね、吉原で奪った金子ももはや使い果たしていましょうな」

と伴次郎が言った。

「よし、まず川越に着いて訪ねる先が決まった。飛切船に乗った甲斐《かい》があったというものだ」

桑平は話しながら焼き鯖《さば》と味噌汁の昼餉を食し終えていた。

幹次郎も急いで食べ終え、厠を使うために回漕店の裏に出た。すると金次が煙草を吸いながら何人かの水夫らと話し込んでいた。どうやら下り船の水夫らしいと幹次郎は考えた。

幹次郎が用を足して河岸に出てみると、船は出立の仕度を終えていた。

桑平と幹次郎が乗った飛切船は芝宮河岸の塩屋の前を離れた。

だが、船に乗ったのは幹次郎と桑平、船頭の伴次郎と助《すけ》船頭の四人だけだ。

水夫に混じって足拵《あしごしら》えをした金次も麻縄を手にして船曳き作業に加わっていた。回漕店での話でこんな風になったのか。

「よし、行くぞ」

と伴次郎船頭が河岸道の連中に声をかけ、

ハアー
九十九曲がり　仇《あだ》ではこせぬ
と川越舟運の舟唄と渋い声を聞かせると水夫たちが、
アイヨノヨー
と合いの手を入れ、
通い船路の三十里
アイヨノヨトキテ昼上ガリカイ

と掛け合い、飛切船が荒川から段々と新河岸川との合流部へと曳き上げられていった。

幹次郎は飛切船の舳先に立ち、新河岸川との合流部が見えてくるのを眺めた。

飛切船の舳先下には小さな小屋があり、水夫らが仮眠する場所と思えた。

そんなことを考え、飛切船や周りの景色を見ていると、助船頭の岩十郎《いわじゅうろう》が幹次郎のいる舳先に来て、長さ十五、六間（二十七〜九メートル）はありそうな麻縄を手にした。

新河岸川の合流部に曳き方ののっつけたちが七、八人待っていた。

助船頭がその者たちに麻縄を投げ、足袋跣《はだし》で肩に麻綱が食い込まぬように刺し子の当て布をしたのっつけの頭分《かしらぶん》が虚空《こくう》でそれを摑み、水夫たちと金次らの曳き綱に加勢がついた。

エイコラ　エイコラ
低い姿勢でのっつけたちの力が加わり、新河岸川へと飛切船が入って行った。

「川越舟運とはかようなものでしたか。想像もしませんでした」

「川越は親藩十五万石松平様の城下の上に神君家康公を祀る東照宮もあり、江戸との結びつきがとりわけ深い。ために城下には豪商もおり、分限者も住んでおる。ゆえに日本橋の魚河岸から旬の魚を仕入れて、このように飛切船で運ぶ金持ち商売が成り立つというわけだ。われらは高値の魚の余得に与《あずか》っておるのだ」

桑平が幹次郎に説明した。

新倉から大根《だいこん》河岸にかけて九十九曲がりを飛切船は、のっつけら曳き手の力でゆっくりと確実に上がっていった。

最初の大根河岸では下り船に行き合った。

「よう、二七の、気をつけて行け」

伴次郎が早船の二七船の船頭に声をかけた。

「あいよ。飛切の伴次郎さんよ、積み荷は魚ばかりじゃなさそうな」

「おうさ、吉原会所と南町奉行所の同心ふたりだ」

「ふーん、御用じゃな」

「二七の、おめえ、笹平って船大工崩れを知らないか」

「新造船の下敷きになった男じゃな。ありゃ、あとあと扇《おうぎ》河岸の河内屋《かわちや》の親方の雇人《やといにん》になったたな。今はどうしているかね、河内屋の親方に訊けば分かるまいか」

と二七船の船頭が答えて、九十九曲がりへと下っていった。

「桑平の旦那、会所のお侍、聞いたな」

「手間が省《はぶ》けた」

と桑平が礼を述べた。

幹次郎はなんとなくおこうと作造が川越に戻ったような気がしてきた。その気持ちを桑平に告げると、

「裏同心どのの勘はよう当たる」

「さてどうでしょう」

「先は長い」

桑平は帆柱の傍らに積んであった綿入れを体に掛けると、ごろりと寝た。

幹次郎は桑平の寝息を聞くと、帆柱の傍らの座から立ち、艫に行ってみた。

「退屈しましたかね」

「顔を地面につけるようにして曳き手が働いておるのだ、退屈などと言うたら罰《ばち》が当たろうな。それがしにとって、かような贅沢な船旅はない。寝るのは勿体ない」

「川越五河岸に着くのは深夜だね、寝たいときに休むことです」

と答えた伴次郎船頭が、

「会所の若い衆、そろそろ船へ上げたほうがいい。川越に着いて使いもんにならないぜ」

と笑った。

艫の上から見ると金次の体の動きだけが他の曳き手と合わず、腰がよろめいていた。

「金次、曳き方は皆に任せて船に戻られよ」

と幹次郎が命じた。

「神守様よ、まだまだ序の口よ、力が出るのはこれからだ」

「金次、そなたの動きが他の曳き手の邪魔をしているのが分からぬか。ぐずぐず言わずに船に乗れ」

幹次郎に命じられた金次はその言葉を待っていたようで、飛切船によろめくように飛び込んできた。

「おりゃ、川越まで曳く気でいたんだよ」

それでも強気を装った。

「金次、餅は餅屋に任せるしかあるまい」

「まあ、素人にしちゃあ、よう頑張った。箱根山《はこねやま》、駕籠に乗る人担ぐ人、そのまた草鞋を作る人ってな。なんでも持ち場があらあな、若い衆。曳き手の連中が大門を潜ったときには、面倒をみてやんな」

伴次郎船頭が金次を慰めて願った。

「へえ」

と気息奄々《きそくえんえん》の体《てい》の金次がようやく船頭に答え、幹次郎は辺りの景色を眺めた。

帆を広げた下り船と行き違い、艫から見る春景色はなんとも長閑だった。

「神守様、最前の話だがな、吉原から足抜した女をとっ捕まえたら、その先どうなるんです」

「足抜だけならまだしも、客を男といっしょになって縊り殺している」

「その上、その客の貯めた金を奪い取った」

「となれば、もはや会所の手に負えぬ。町奉行所のお調べになれば、まず極刑《きょっけい》は免《まぬが》れぬところであろう」

「致し方ございませんな。若い女子が思いつくような企てじゃねえがね。笹平も作造も女も金に目が眩《くら》んだかね」

「そうとしか考えられないな」

いつの間にか、新河岸川に入って引又《ひきまた》河岸に近づいていた。

金次の弾む息も落ち着いたようだ。

川越舟運の新河岸川では川越五河岸とこの引又河岸の利用が多かった。引又河岸の三上《みかみ》回漕店の創業は、寛永十五年ごろであったそうな。この引又河岸が志木《しき》河岸と名を変えるのは明治《めいじ》七年（一八七四）になってのことだ。

この引又河岸には、川越藩の藩米の輸送を委託《いたく》された井下田《いげた》回漕店ら多数の舟運に関わる店があって繁栄を誇った。また引又河岸では浦和《うらわ》と所沢《ところざわ》を結ぶ新所沢脇道が新河岸川と交差しており、交通の要衝《ようしょう》であることを示していた。さらには甲州《こうしゅう》からの物資も引又河岸に届いた。

「ふうっ」

と息を吐いた金次が、

「やっぱり船を曳くより乗っているほうが楽だな」

と正直な気持ちを漏らした。

「姉様と旅はしてきたつもりだが、これほど賑やかに船が行き交《か》う川は見たこともない。さすがに江戸に近い川越だな」

「神守様よ、川越の五河岸に川船が何艘いるか承知か」

「数は知らぬが、なかなかの威勢であろうな」

「川越五河岸で百隻近くいるのだと。川越藩の御用船も合わせた数だがね。船の種類はよ、おれたちの乗っている高瀬船に荷足船《にたりぶね》の二種類があるんだとよ」

金次は昼餉の刻限に水夫たちから聞いた知識を披露した。

「神守様よ、なんとなく作造が吉原に恨みを抱く理由が分かったぜ」

「ほう、だれぞが作造のことを承知であったか」

「下りの水夫のひとりがな、作造の姉を承知だった」

「作造に姉がいたのか」

「作造は末の弟だ、姉とは十いくつ離れていたらしい。その姉のお八《はち》が吉原に身売りし、二年が過ぎたころ、惚れ合った客と心中をした」

「なに、心中じゃと。それでは吉原を恨みに思うのはおかしいではないか」

「逆《さか》恨みだ。作造は、お八が吉原に殺されたと思い込んでいたそうな。いつの日か吉原に仕返しをすると仲間に広言《こうげん》していたそうですぜ」

「こたびの騒ぎの原因というわけか」

「そこまでは言い切れないが、作造はさ、吉原のことを板橋宿なんぞで調べて回っていたそうだ」

「板橋宿と吉原は全く成り立ちが違う」

「作造はなんとしても姉の仇を討ちたかった、そいつだけはたしからしい」

と金次が話を締め括《くく》った。

ひとつの手がかりだと思った。

四郎兵衛が飛切船に幹次郎と金次を乗せたのは、今のところ正解だと思った。

「おりゃ、おこうと作造をとっ捕まえて番方の鼻を明かす」

「金次、おこうらを捕まえることが番方の鼻を明かすことであるとはどういう意かな」

金次はつい口にした言葉を後悔するような表情を見せた。

「話してみよ。番方はそなたの上役であり、仲間だ。鼻を明かすもなにもなかろう」

金次が渋々言い出した。

「こたびの川越行きで番方にあれこれと小言を喰《く》らってきた。おりゃ、大丈夫だってのによ。未だおれを半人前だと思ってやがる」

幹次郎は金次を見た。

「なんですかい」

「そなた、一人前の若い衆か」

「そう思っちゃいけねえんですかえ」

「番方がどのような理由からそなたに小言を言うたか知らぬ。だがな、そなたの兄は御用の最中に殺された。兄の保造が会所の仕事を甘くみていたわけではあるまいが、殺されたには油断があったと、番方は思うておられるのではないか。一人前かどうかは己が決めることではない。四郎兵衛様や番方らが認めたときに、一人前の働きができる若い衆に育ったということなのだ。そのことを思って番方がそなたに注意したのではないか。となれば有難い忠言《ちゅうげん》だぞ、鼻を明かすなど馬鹿げたことを考えるでない」

幹次郎に叱られた金次が黙り込んだ。

四

夕暮れになって風が出た。帆を上げるにはよい追い風だった。そこで船頭の伴次郎の命で帆が広げられ、のっつけの面々に船頭から日当がそれぞれ支払われ、川越五河岸まで船を曳くことなく解放された。

のっつけ連はいささか残念そうだった。川越まで曳くのと日当が違うからだ。だが、伴次郎が途中までの日当の他に色をつけて支払ったので、のっつけ連は、満足した様子で夜道を村へと戻っていった。

なんともすさまじい力仕事だった。

帆に風を受けた飛切船は月明かりと船頭の慣れた経験を頼りにゆっくりとながらも確実に遡上《そじょう》していった。のっつけ連が曳き綱で曳くよりも船足が上がっていた。

新河岸川に入って川越五河岸まで七里半あった。荒川の支流のひとつの内川《うちかわ》(新河岸川)は、外川《そとかわ》(荒川)に比べても流れが速かった。それを松平信綱の治世《ちせい》下に改修して、蛇行《だこう》させることで流れを緩やかにした。ために距離は川越街道よりも長く延びた。

幹次郎は船が帆を張ったのを確かめ、夜具を借り受けて帆柱下で体を横にした。頭上で帆が風に鳴る音を聞きながら、夜空の星のきらめきを見ているうちに眠りに落ちた。

ハアー　船は帆かけて　南を待ちる
アイヨノヨー
可愛い女房は　主待ちる
アイヨノヨトキテ夜上ガリカイ

耳に舟唄が届いて、幹次郎は目を覚ました。

刻限は分からないが、どうやらいつの間にか川越五河岸の寺尾《てらお》河岸、牛子《うしこ》河岸、上《かみ》・下新《しもしん》河岸を通り過ぎて、川越城下に一番近い扇河岸に着くところのようだった。

「思ったより早く着いたな」

隣で桑平市松の声がした。

「何刻《なんどき》でござろうか」

「九つ（午前零時）前と思うがな」

となると、幹次郎は一刻ほど仮眠していたことになる。

幹次郎は夜具を畳むと金次を小屋に戻し、船べりに立って周りに視線をやった。

だが、夜明け前の両岸の光景は望めなかった。

扇河岸は享保《きようほう》十六年（一七三一）に川越藩から河岸として認められ、四軒の船問屋で舟運事業が始まった。

幹次郎らが飛切船に同乗して河岸に着いたころ、七軒に増えて繁盛《はんじよう》していた。

享保から百五十年以上も続くことになる船問屋の一軒、中安《なかやす》こと中屋安右衛門《なかややすえもん》方には煌々と灯りが点されて飛切船を迎える仕度ができていた。とはいえ客を迎えるのではない。魚河岸からの旬の魚を迎える魚屋、料理茶屋の料理人たちが待ち受けていた。

「船頭、世話になった」

南町定町廻り同心の桑平市松が、艫に立ち尽くして江戸から操船してきた伴次郎に声をかけた。

「御用がうまくいくとようございますがな」

桑平に言葉を返した伴次郎が、

「神守様、吉原にうちの連中が訪ねたときは、よろしく頼みますぜ」

「承知した。会所に声をかけてくれぬか。必ずや評判の遊女を世話するよう金次が走り回りますでな」

「楽しみにしていますよ」

別れの挨拶をした三人は、魚に先駆けて飛切船を下りた。

「桑平どの、この刻限じゃがどうするな」

「中安に願って部屋をもらおう。すべては夜が明けてからの勝負だ」

と答えた桑平が提灯の灯りの点る河岸道に上がった。

大きな柳の木の前に船問屋の中安はあった。

「お役人様、飛切に乗ってこられましたか」

と中安の番頭が迎え、

「江戸南町奉行所定町廻り同心の桑平市松じゃ。明日、川越藩には挨拶に参る。今晩泊めてくれぬか」

と願い、幹次郎と金次の身分は告げなかった。どこからか漏れて、おこうらに伝わるかもしれぬと案じたからだろう。

「ご苦労でございましたな。もはやこの刻限、湯は落としてございますが、座敷は直ぐに仕度させます」

幹次郎らは直ぐに今乗ってきた飛切船から荷の魚が下ろされる様子が見える二階座敷に案内された。

「少し酒《ささ》をもらおうか」

と桑平が言い、金次がにんまりして帳場へと下りていった。

「明日の昼下がりには一六船が出るはずだ。在所から江戸へ公事《くじ》なんぞで出る連中の何人かは中安に泊まっていよう」

と桑平は川越五河岸も馴染か、そう言った。

「明日、川越藩に挨拶に参られますか」

「親藩ゆえそう邪険にはされまいが、江戸の町奉行所が勝手に飛び回るのをよしとはなさるまい。まず藩に挨拶しておこうと思う」

川越藩は上野国前橋《こうずけのくにまえばし》藩から転封《てんぽう》してきた松平朝矩《とものり》の子、直恒《なおつね》二代目藩主の治世下にあった。石高は十五万石だが、どこもいっしょで藩財政はよいとは言えなかった。

「われらが顔を出すのは、よしておいたほうがようございましょうな」

幹次郎は桑平に問うた。

「そうじゃな」

としばし考えた桑平が、

「町在《ちょうざい》奉行をまんざら知らぬわけではない。話が分かった御仁じゃ。この際だ、そなたを連れて引き合わせておこう。杉浦平右衛門《すぎうらへいえもん》どのとは何度かいっしょに御用を務めてきた間柄だ。さばけた方ゆえ、そなたとも話が通じよう」

と言った。

金次が、

「夜分ゆえ燗《かん》はしてございません、我慢してください」

と徳利に入れた酒と茶碗を三つ折敷《おしき》に載せて運んできた。

「刻限が刻限じゃ、致し方あるまい」

と桑平が受け、金次が三つの茶碗に酒を分けた。

「頂戴しよう」

桑平が茶碗に手をかけたのを見て幹次郎も従った。

地酒か、野趣《やしゅ》漂う香りと喉越しの酒だった。

「裏同心どの、どうであったな、川越舟運は」

「いや、のっつけ連の仕事ぶりには驚かされました」

新河岸川に入って曲がりくねった道を棹とのっつけ連の力で休みなく上がり続け、途中から風の助けがあったとはいえ、七里半を一気に遡上した飛切船には幹次郎も驚かされた。

「金の力よ。だが、その金を持っているのは藩ではない。川越の商人衆の金が飛切船を動かしておるのだ」

「どこもいっしょですな」

と答えた幹次郎は一杯の茶碗酒を口に含んで呑み干し、

「金次が下り船の水夫から聞いた話にござる」

と前置きしておこうの相手の作造に歳の離れた姉のお八がいて、吉原で遊女をしていたことや、お八が客と心中をしたことを告げた。

「なに、作造の姉が吉原に関わっていたか」

「その姉が心中したことで、作造は吉原に恨みを抱いていたそうな」

「遊女が客と心中するのは吉原の楼にとって迷惑千万であろう、そのことで吉原を恨むのは筋違いではないか」

「はっきりとしたことではないので、ただ今のところはそれ以上のことは言えませぬ」

「ともかく作造め、歳が若いわりに悪知恵は働く奴とみた。もし川越に戻っておるのであれば、奴は必ずや吉原会所が追ってくることを考えに入れていよう。油断は禁物じゃな」

「それがしもそう思います」

幹次郎は茶碗を置くと、

「お先に失礼します」

と敷かれてある布団にごろりと転がり込んだ。

桑平と金次が酒を呑みながら話している声が直ぐに聞こえなくなった。


人声に幹次郎は目を覚ました。

どうやら船が出る気配だ、と思った。それにしても早船は夕七つ（午後四時）に出て、江戸には翌朝に着くと聞いていた。

幹次郎は、着流しに脇差《わきざし》だけを差して階下に下りた。すると大勢の白衣《びやくえ》の男女が囲炉裏端で朝餉を食していた。

うっすらと夜が明けており、新河岸川の様子が見えた。

河岸に泊まるのは飛切船と違い、屋根船だった。苫《とま》で葺《ふ》かれた大きな高瀬船だ。米ならば二百五十俵から三百俵は積める大きさであった。人ならば五十人は楽々と乗せられるそうだ。

「これは一六船かな」

と船頭に訊くと、

「お侍、早船は七つ時分に出て、夜じゅう走り、翌朝に着く船のことだ。今日はな、大山《おおやま》詣での講中の人を乗せて格別に江戸に下る朝立ちの早船でしてな、夕刻までには江戸に着くだよ」

と教えてくれた。

大山詣では夏の季節かと思っていたが、この界隈では農閑期《のうかんき》に大山詣でを行うのか。

どうりで囲炉裏端で朝餉を食する人たちが揃いの白衣を着ていたと幹次郎は思い出した。

新河岸川を見下ろすと清い流れで鮒《ふな》や鮠《はや》などが泳いでいる姿が目に留まった。

中安からぞろぞろと大山詣での白衣を着た男女が姿を見せて、中には木太刀を抱えている者もいた。それには、

「大山石尊大権現」

と墨書《ぼくしょ》されてあった。

朝立ちの早船に乗り込んだのは四十数人だ。まだ朝も早いせいで川風が冷たく、直ぐに苫屋根の中に入り込んで、

ハアー
九十九曲がり　仇ではこせぬ
アイヨノヨー
通い船路の三十里
アイヨノヨトキテ朝下リカイ

馴染の節の舟唄が流れて、大山詣での一行を乗せた早船が扇河岸を出ていった。

白衣《しろごろも》　初春詣での　船がいく

幹次郎が指を折って言葉を数え、頭を捻っていると、
「神守様、朝湯が沸《わ》いたってよ。桑平の旦那はもう湯殿に行っているぜ」
と二階から金次の声がして、駄句を一瞬にして忘れた。

寛永十六年（一六三九）に武蔵国忍《おし》藩から老中の松平伊豆守《いずのかみ》信綱が六万石で入封《にゅうほう》してのち、川越の地位はより重きを置かれるようになった。江戸の北門を

あずかる位置の川越は、譜代大名、それも重鎮《じゅうちん》が詰める城下として地位を固めた。

松平信綱の入封は島原《しまばら》の乱の戦功が認められてのことだ。「知恵伊豆」として幕閣《ばっかく》で知られ、将軍家光《いえみつ》の側近として手腕を発揮した。

信綱は、上杉《うえすぎ》・北条《ほうじょう》時代の城を整備し、本丸、二の丸、三の丸、蓮池口、清水口の城構えを固め、さらに新曲輪《しんぐるわ》、中曲輪を整え、南大手、西大手の各口を設けて、南大手を川越城の表門に決めた。

緩い流れが蛇行するよう新河岸川を改修して、江戸と川越を結ぶ川越舟運を整備したのも信綱だ。

松平のあと、側用人《そばようにん》柳沢《やなぎさわ》家、秋元《あきもと》家と幕閣の要人が川越藩主として入れ替わり、明和《めいわ》四年（一七六七）に御家門のひとつ、松平大和守《やまとのかみ》朝矩が入り、幹次郎らが川越入りした寛政三年（一七九一）には二代目の大和守直恒が藩主であった。

桑平市松に伴われて神守幹次郎は、南大手から川越城に入った。

桑平が身分を明かして町在奉行の杉浦平右衛門の名を告げたのは本丸御殿の大玄関であった。

しばらく待たされたあと、御用部屋へと通された。

杉浦は四十前の精悍《せいかん》な顔つきの町在奉行であった。

「桑平どの、久しぶりかな」

「そなた様が江戸勤番を離れて川越に戻られて以来ゆえ、三年、いや、五年に相なるか。ご出世祝 着至極《しゅうちゃくしごく》にございます」

「町在奉行とは名ばかり、幕府の江戸町奉行とは比べものにならぬ役職にござってな、江戸勤番がいささか懐かしい」

と杉浦が苦笑いした。

「そなたは町奉行所定町廻り同心にござったな。役職をお変わりになられたか」

と杉浦が幹次郎のことを気にしながらも桑平に訊いた。

「相も変わらず冬は霜焼けに悩み、夏は汗疹《あせも》だらけの町廻りにございますよ」

「その定町廻り同心が川越へ遠出なされてきた」

杉浦が妙だなという表情で桑平を見た。

桑平は一介の南町奉行所定町廻り同心でしかない。幕臣の中では、

「不浄役人」

と蔑《さげす》まれていたが、江戸藩邸を置く各大名家にとって定町廻り同心と密接な繋がりを保っておくのは江戸留守居役《るすいやく》の大事な務めだ。なにかあったときに頼り

になるのが町奉行所の役人で、藩士の不祥事《ふしょうじ》を揉み消すなどして公《おおやけ》にせぬことが幕府から睨《にら》まれないために重要なことであった。

杉浦はどうやら江戸留守居の支配下にいて、桑平と親交を持っていたか、と幹次郎は推量した。

「むろん懐には南町奉行池田長恵《いけだながしげ》様の書付を所持してござる」

「それを出すということは、川越藩にとって公にせぬほうがよい用事というわけかな」

杉浦の問いに桑平が頷いた。そして、傍らの幹次郎に視線をやると、ふたたび杉浦に戻し、

「杉浦様は吉原の大門を潜られたことがございましょうな」

「桑平どの、それがしの職種は江戸留守居支配下でござった。ゆえに各藩の御用人の集まりなどで吉原の大門がどちらを向いておるか承知しておる」

「杉浦様、この者、吉原会所に奉公する神守幹次郎といわれる御仁です」

ああ、と杉浦がなにか思い当たる顔で驚きの声を漏らした。

「近ごろ江戸で評判の吉原会所の裏同心どのか」

「ご存じでしたか」

「公の町奉行所定町廻り同心と吉原会所の裏同心どのが昵懇《じっこん》かな」

「この御仁の傍らにおると、手柄が勝手に転がり込んで参りますでな」

桑平の言葉に杉浦が目を剝《む》いた。

「いわば大名家の留守居役や用人がわれら町方の同心と密かに手を握っておるのと同じ伝にございますよ」

「ということは、こたびの来越は吉原に関わることかな」

「発端はさようです」

と桑平が杉浦に紹介する体で幹次郎を見た。

「杉浦様、神守幹次郎にございます。よしなにお付き合いのほどを。ただし、それがしは桑平どののように町奉行の書付など持参しておりませぬ」

「とはいえ、吉原会所の凄腕を追い返すわけにもいくまい。神守どの、お話を聞こう」

「有難き幸せにござる」

と応じた幹次郎は、おこうなる川越領生まれの女が吉原に身売りしてきた話から川越舟運に乗って聞いた話を交えてすべてを語った。

長い話になった。

話を聞き終えた杉浦はしばらく無言で幹次郎の話を考えていた。

「そなた方は、そやつらが川越に舞い戻っておると考えておられるか」

「そのたしかな証しはございませぬ」

「それでも川越に参られた」

「江戸に潜《ひそ》んでおるか、あるいは別の土地に逃げたとも考えられます」

幹次郎は正直に答えた。

「もし川越におこうと作造が潜んでおるとしたら、捕縛《ほばく》して江戸へと連れ戻すことになりますかな」

杉浦の問いは桑平に向けられた。

「人ひとりを殺め、百両もの大金を盗んだふたり連れ、親もこの企てを承知で娘を吉原に身売りしたと思えます」

「大罪人ですな」

「いかにもさよう。ゆえに杉浦様のお考えをお聞きした上でわれら動こうとかく参上した次第にござる」

杉浦が沈思《ちんし》した。

長い黙考《もっこう》のあと、

「われらが立ち会い、その者どもを捕《とら》える。そして、そなた方に差し出すかたちでもよろしいか」

「われら、ふたりの身柄を江戸に連れ戻せばよきこと、川越藩がこの一件に手を下されようと黙認されようと、一向に差し支えござらぬ」

桑平の言葉に幹次郎も頷いた。

川越藩町在奉行との助け合いが決まった。

第四章　幽霊寺

一

桑平市松と神守幹次郎は、川越城の石垣下から小さな高瀬舟に乗り込み、新河岸川の上流を目指した。

案内役は町在奉行支配下の宇月忠吾《うづきちゆうご》だ。宇月も江戸勤番の経験があり、吉原会所の裏同心の名までは知らなかったが、その存在を承知していた。

「次に江戸勤番の折りには大門を潜ります、その節はよしなに」

と照れもせず幹次郎に願った。

「それがしで役に立つことがあれば何用でも」

「何用というても、吉原でなすことはひとつでしょう。人柄がよく見目麗《みめうるわ》しい若い遊女を紹介してくだされ」

「覚えておきます」

と幹次郎は返事をするしかない。

川越藩では江戸との往来に使う御用船、国方丸《くにかたまる》、武蔵丸、大野丸《おおの》、三芳丸《みよし》の四艘を下新河岸に置いていた。

だが、幹次郎らが宇月の案内で乗ったのは、猪牙舟ほどの大きさの高瀬舟、平底舟《ひらぞこ》だ。

船頭も宇月自らが務めた。

杉浦は、元船大工の笹平、おこうの一家の家も笹平の甥の作造の家も伊佐沼の岸辺にあることを直ぐに調べてくれた。

また、笹平は新造船の下敷きになって怪我して以来、仕事らしい仕事はせず伊佐沼で箆鮒《へらぶな》や真鮒《まぶな》を釣っては城下の料理屋などに売って暮らしを立てていることや、甥の作造と同居しているのは父親と母親だけで兄姉たちはすべて川越城下や江戸に出ていること、さらには作造が十四、五の折りから川越城下で盗みなどを働いて町在奉行の世話になったことも一度や二度ではないことを町在奉行所の記録から調べてくれた。

その上で宇月を案内方にして、まず笹平と作造の家を訪ねてみようということに話が決まった。

新河岸川を遡ること四半刻、伊佐沼が見えてきた。

伊佐沼は自然の沼だ。

この沼を南北朝時代の文和《ぶんな》年間（一三五二〜一三五六）にこの一帯を治《おさ》めていた古尾谷《ふるおや》氏の家来伊佐《いさ》某が浄化し、溜池《ためいけ》として、水利に使用してきた。川越舟運も伊佐沼の水を新河岸川の水量調整のために利用した。

ちなみに幹次郎らが小舟を入れた時代の伊佐沼は南北十七丁（約千八百五十メートル）、東西三丁（約三百三十メートル）ほどあり、今の倍ほどの広さがあった。

宇月は、まず作造の家を訪ねると言った。おこうがいるとしたら、作造の家のはずだというのだ。

桑平と幹次郎は、郷に入れば郷に従えとばかり、宇月の言葉に従った。

「笹平一家は、船大工をしていたときは城下の借家に住んでおりました。怪我をしたあと、こちらに移ってきたのです。作造のほうは生まれてから伊佐沼の岸辺に住んでおりました。笹平は、作造の親父、弟の稲次郎《いねじろう》を頼って、こちらに引っ越してきたのだと思います」

岸辺に高瀬舟を寄せながら、ふたりに説明した。

杉浦は宇月に、なぜ江戸からふたりが川越まで出張ってきたか、ざっと説明していた。

「それにしても作造め、人殺しをするほどの悪になりましたか」

と言いながら宇月が高瀬舟を伊佐沼の東岸に寄せ、棹で舟の動きを固定するとふたりを下ろした。

幹次郎が舫い綱を杭《くい》に結びつけた。

桑平が懐に入れていた十手《じって》を確かめた。

捕物《とりもの》に際しての道具というより定町廻り同心の身分の証しのようなものだった。

桑平も幹次郎も作造がおこうといっしょに家にいるとは未だ思えなかった。

伊佐沼を見下ろす小高い丘の椎《しい》や無花果《いちじく》の木の下に破《やぶ》れ家《や》があった。

「おや、笹平もおりますぞ」

宇月は、おこうの父親が稲次郎といっしょに投網《とあみ》の繕いをしているのを見て、ふたりに教えた。

「稲次郎、作造はおるか」

宇月がふたりに質した。

日焼けした髭面《ひげづら》を訪問者に向けたふたりは、五十絡みで顔つきがよく似ていた。網を繕うのに片足を投げ出し、その傍らに置かれた杖から笹平がどちらか直ぐに幹次郎には推量がついた。

桑平は大きくもない家を覗き込み、さらに家の裏に回り込んでおこうと作造がいないか確かめようとした。

幹次郎は庭に干された洗濯物を見て、若いふたりが身を寄せている風はないと思った。

「なんですね、お役人」

と稲次郎が宇月に問い返し、笹平が、

「おりゃ、帰る」

と傍らの杖を手に立ち上がった。

「笹平、待て」

宇月が笹平の動きを止めた。

「どうしたかね、お役人」

「江戸から来たご両人がおまえらに訊きたいことがあるとよ」

宇月が江戸で覚えたか伝法《でんぽう》な口調で言い、幹次郎を振り返った。あとは任すと宇月の顔が言っていた。

「おこうの父親の笹平だな」

「へえ」

「吉原会所の者だ」

幹次郎の問いをどことなく笹平は予測していたようで、さほど驚いた風はなかった。

「吉原がどうしたんで」

「そなたの娘が吉原にいるな」

「おまえさん方がとくと承知のはずだ」

「おこうはどこにおるな」

「吉原に身売りしたんだ。吉原にいるに決まっていようが」

桑平が稲次郎の家をひと回りして姿を見せ、幹次郎に首を横に振った。

その間に宇月の姿が消えていた。

「そなたが八月前にとある楼に娘を売った。その楼はどこだ」

舌打ちした笹平が、

「五木楼だ、大門潜って直ぐ左に行った通りの中ほどの楼だ。おこうがどうかしたか」

「そなた、五木楼にいくらでおこうを売ったな」

「十五両だ」

「女衒を通さずにそなた自ら五木楼に掛け合ったのはどういうことか」

「女衒なんぞに口銭《こうせん》取られたくないからよ」

「なかなかの器量の娘で人柄もいい。中見世でも大見世でも買い手はいくらもあったろうに、なぜ五木楼を選んだな」

幹次郎の問いに笹平が弟の稲次郎をちらりと見た。

「おれが教えたのよ。五木楼の主は女郎の扱いが優しい、人扱いしてくれると知っていたからな」

「稲次郎、そなたも以前、娘を吉原に売った経験があったな」

「川越じゃ碌《ろく》な暮らしができねえからよ。娘を売るしかなかったんだ」

「その娘はどうなった」

「おめえさん、吉原会所の者と言うたな。ならばそれを承知で川越に来たんだろうが、一々聞くこともあるめえ」

「吉原に入って二年後に客と心中沙汰を起こした」

「ああ」

と投げやりに稲次郎が答えた。

「昔話をほじくり返しに来るほど、吉原会所の裏同心は暇か」

「ほう、それがしが裏同心と呼ばれる男とようも承知だな」

「おれたち、兄弟して吉原に娘を売ったほどの貧乏暮らしだ。それくらいは承知していて当たり前だ」

「そなたが娘を売った折りも、心中沙汰の時節もそれがしは吉原に関わりがなかった。ゆえに知らぬ。だが、そなたはそれがしの務めまで承知だ。なぜ詳しい」

「だから、娘を売る親は吉原のことをそれなりに調べるんだよ」

と稲次郎が苛立った。

「そなたの娘のことをほじくり返すつもりはない。笹平、おこうのことだ」

「おこうがどうしたって、まさか五木楼で客と心中沙汰を起こしたということはないよな」

笹平の言葉は微妙だった。おこうの行状《ぎょうじょう》を承知のようでもあり、また知らないようでもあった。

「五木楼に十五両で身売りさせた曰くを聞こうか」

「今更《いまさら》高いだ安いだと言われても、五木楼が追銭《おいせん》をくれるとも思えない」

「十五両の値を決めたのはだれだ」

「五木楼で聞いてきたんだろ。おこうだ」

「ほう、おこうがな。おこうなら三十両でも買う楼があったはずだ」

「おまえさん、吉原会所の裏同心といったな。値が高くなるだけ年季が長くなるくらい承知のはずだ。おこうはおれに十五両で我慢してと言って、己の考えで身を落としたんだ。今更それに文句があるのか」

「ない」

「ならばなにしに来たんだ」

桑平市松は幹次郎の尋問を黙然と聞いていた。

「笹平、そなたの娘じゃが、寝小便癖があったか」

はあ、と笹平が思いがけないことを聞かされたという顔で幹次郎を見て、その顔が怒りに変わった。

「女郎とはいえ未だ若い女子に寝小便癖があるかだと」

「ないのかあるのか」

「そんなもんはねえ」

即答に幹次郎が頷いた。

「吉原に身売りしてくれと、おこうに願ったのはそなたか」

笹平は黙り込んだ。

幹次郎の問いの意味を考えている表情だった。

「兄《あに》さ、嫌なら答えねえでいいぞ」

と稲次郎が傍らから言った。

「いや、答える。おこうがうちの貧乏に愛想《あいそ》を尽かしたか、吉原に身売りしてもいいと言い出したのだ。最初は本気にしなかったがよ、つい金が欲しくておこうの言葉に乗ってしまった。今考えると、やめておけばよかった。十五両なんて博奕《ばくち》であっという間にすって消えてなくなった」

と笹平が悔やんだ。

「五木楼の主が女郎に優しい、人扱いしてくれる楼主だと。稲次郎、そなたはだれから聞いたな」

「覚えてねえな」

と稲次郎が即答した。

「そなたの倅、作造から聞かされたのではないか。そいつを笹平に話した」

「作造がどう関わりがある」

と稲次郎が幹次郎に反論し、笹平が、

「おこうの口からも五木楼の話は聞いたな」

「事情は分かった」

と幹次郎が答えた。

「事情が分かったとはどういうことだ」

稲次郎が文句をつけた。その言葉を無視した幹次郎は笹平に尋ねた。

「そなた、おこうが五木楼から切見世に鞍替えしたのを承知か」

「なに、おこうが切見世に落ちただと。なんでおこうがそんな仕打ちに遭う」

「ふつうに考えればおかしな話だ。だが、おこうが自ら五木楼の主に願ったことだ」

「そんな話を楼主が許すものか、会所の者ならばそんなことは分かろう」

笹平が怒りに満ちた言葉を吐き、稲次郎はそっぽを向くような仕草をした。

「兄さ、言いがかりをつけに来たんだ」

「なんのためにだ」

「おれが知るか」

兄弟で言い合った。

桑平は笹平と稲次郎の言葉を黙って聞いていた。

「笹平、そなたが言うように楼主が許す話ではない。だが、五木楼の主は損してもおこうを羅生門河岸の切見世に売らざるを得なかったのだ」

「なぜだ」

「笹平、おこうは五木楼で器量と人柄で売れっ子になりそうだった。だが、それが長くは続かなかった。寝小便癖のせいだ。五木楼も客に叱られて楼に置いておくのは無理だったのだ」

「そんな馬鹿な話があるか、おこうはふたつ三つのころから寝小便なんぞしたことはない」

「であろうな」

幹次郎の言葉に笹平が苛立った。

「おまえさん、川越になにしに来ただ。おこうが寝小便癖があると言い、またおれが寝小便癖はないと言ったら頷いた。一体どっちなんだ」

幹次郎の視線が不意に稲次郎に向けられた。

「そなた、娘を吉原で亡くしたと今でも恨んでおるか」

「そりゃ、話を聞いた当初は娘を吉原に殺されたと思ったぜ。だが、相手の客と惚れ合って相対死《あいたいじに》したと聞かされて諦めた。そう考えるしか仕方あるまい」

稲次郎の答えは慎重だった。

「そなたの倅の作造はどうだ」

「作造が姉の死についてどんなことを考えるかなんて知るか。だいいち、おこうの話と作造に、なんの関わりがある」

「あるのだ、稲次郎」

「どういうことだ、吉原の」

笹平が幹次郎に質した。

笹平はこの一件をなにも知らず、おこうを五木楼に身売りする役を果たしただけだと、幹次郎は考えていた。だが、一方の弟はどこまで承知か、幹次郎にも推量がつかなかった。

幹次郎はおこうと作造のふたりが考えたと思われる企ての全容を話して聞かせた。

兄弟のふたりは黙り込んだ。

「嘘っぱちだ」

不意に稲次郎が叫んだ。

「なんの罪咎《つみとが》もない瓦職人が殺された話だ、江戸町奉行所の定町廻り同心どのと会所のそれがしが、川越まで出張ってきたにはきただけの曰くがあるのだ。吉原の五木楼は、寝小便癖の女子を買わされた。もう分かったな、寝小便は切見世に落ちるための仕掛けだった。切見世は、楼主や遣手や男衆のいる楼より人の目が少ない。そこを舞台に客の葉三郎をふたりして縊り殺し、おこうは葉三郎の長半纏なんぞを着込んで男に化けて大門を出て、足抜した。その上、葉三郎が貯め込んだ百両を盗み取ったのだ、笹平」

「その客はおこうの馴染か」

笹平が訊いた。

「地廻りといってな、吉原を毎日訪れては見物して回る吉原雀のひとりだった。おそらく葉三郎はおこうが初めての女だったと思える。葉三郎はおこうに惚れた。おこうを落籍《ひか》して所帯を持つつもりでいたろう。葉三郎はおこうに自分のことを、金を貯めていることを含めて曝け出したと思える」

幹次郎は言葉を切って兄弟の反応を確かめた。ふたりして黙したままだ。

「あるいは、作造が、葉三郎が金を貯めていることをどこぞで知ったのかもしれぬ。おこうに地廻りの葉三郎を見世に誘い込めと唆《そそのか》したかもしれぬ」

「吉原の、おめえは推量でおこうと作造をひっ捕えようというのか」

稲次郎が日焼けした顔に怒りを浮かべて幹次郎に言い放った。

「作造とおこうが共謀して葉三郎を縊り殺したことは間違いない。葉三郎の不運は、おこうに作造という従兄弟の間夫がいたことだ」

「そんなことはねえ」

と答えた笹平の言葉は弱々しかった。

「いや、そなたらのほうが作造とおこうの間柄をよう承知なのではないか。こたびの吉原を舞台にした企ての首謀者は間違いなく作造だ」

幹次郎の言葉に兄弟は顔を見合わせたが、なにも言わなかった。

「おこうと作造は、昨日辺りここに戻ってきたのではないか」

と質したところに宇月がふたたび姿を見せ、報告した。

「神守どの、笹平の家にふたりが戻った様子はございません」

「おれの家も大きな家じゃねえや、家探《やさが》しでもなんでもしやがれ」

と稲次郎が居直るように言った。

「そうさせてもらおう」

幹次郎と桑平は、兄弟ふたりの見張りを宇月に任せて家に入った。

板の間に筵《むしろ》が敷いてある部屋と、煮炊き用でもあり暖房の役も果たし、行灯代わりでもある囲炉裏のある板の間には人の気配はなかった。

それでもふたりは板の間に上がり、屋内を調べた。だが、作造とおこうの持ち物ひとつ見つからなかった。

ふたりが庭に出てくると、

「おこうと作造がいたか」

と稲次郎が非難の眼でふたりを睨んだ。

二

金次は、退屈して中安の二階座敷から階下に下りて、夜船に乗る客がだんだんと集まってくる様子を眺め、そのあと表に出て、扇河岸の船着場が見下ろせる道端に立った。

大きな柳の木の下で盥《たらい》に水を張り、放生会《ほうじょうえ》の亀を泳がせる婆さんが客待ちしていた。

「婆さん、亀はいくらだ」

「放生会の生き物だ、気持ちだよ」

「そうか、気持ちか。よし、十文払ってやろう。この界隈で放生会の亀に十文を寄進する鷹揚《おうよう》な客はいまいな」

婆さんが金次を見た。

「おめえは江戸者か、えらくしみったれた男だな。川越では子供だってもっとましな銭を払うだ。まあいい、口開けだ、十文で亀の命を助けてやるか」

婆さんが金次に言い放った。

「えっ、川越はそんなにも懐具合がいい住人が多いのか、十文なんぞは銭のうちに入らないのか、ううーん」

と唸った金次が、

「よし、江戸っ子と名指しされてしみったれと言われちゃ、金次の名折れだ。おれも御免色里の吉原会所の若い衆だ、二十文と気張ろうじゃないか」

金次は懐から巾着《きんちゃく》を出して銭を適当に選び出して婆さんの手に置いた。

「好きな亀を二匹流れに放ちな」

「えっ、一匹十文でしみったれと言ったのに二十文で二匹か、勘定が合うような合わないような」

「なに、ぶつくさ言ってるだ。ほれ、亀がおめえの顔を見ているぞ」

金次は、盥の中で石の上に乗ってひなたぼっこをしている小亀二匹を摑んで柳の根元から新河岸川の流れに投げた。

小亀は水面に落ちるといったん水に姿を没したが、春の日差しの下に浮き上がり、川越船が何艘も泊まる向こう岸へと泳いでいった。

「兄さん、いいことしたな、功徳《くどく》があるだ」

と婆さんが金次の背に言った。

金次は指に小さな亀の感触が残るのを手拭いで拭い、

「あるといいな」

と婆さんの言葉に応じた。

「その若さで川越に物見遊山《ものみゆさん》じゃなさそうな」

「御用だ」

「御用ね、仲間に置いていかれたか」

「分かるか。連れはよ、お城に挨拶に行ってらあ」

「お城にご挨拶だと。川越で小商いでもしようってんで、主か番頭が許しをもらいに行ったか」

「おりゃ、最前、吉原の者と言ったぜ。人探しだ」

「吉原から人探しだと。となると女衒の手下か」

婆さんの口はとことん悪かった。だが、言いっぱなしで心《しん》から人が悪いというわけではなさそうで、金次も気にならなかった。

「馬鹿言っちゃならねえ。足抜した女郎をとっ捕まえに来たんだよ」

「なに、吉原から足抜だと。そりゃ、なかなかやるな。川越の女子か」

「ああ」

しばらく金次の顔を見ていた婆さんが、

「扇河岸の名物婆《ばば》に話す気はないか。亀の命を救ってくれた代わりにおめえの手助けをしてやろうじゃないか」

「婆さん、女郎が廓からただ逃げ出したんじゃねえや。曰くがあってのことだ」

「そうか、おめえの連れは黒羽織の役人か。ふたり連れでお城に挨拶となれば、ただごとではねえな。客の銭を持ち逃げしたか」

「まあな」

金次はいい加減に婆さんの言葉に応対していた。

川越は江戸ほど広くもなく領民も少ない。婆さんがおこうや作造とどんな関わりがあるかしれないと咄嗟《とっさ》に考えたからだ。

放生会の婆さんは長年、扇河岸で生計《たつき》を立てている様子だ。たしかに情報通かもしれないが、反対に金次の話が城下じゅうに広がることも有り得ると思った。

「おめえ、われを信用してねえな」

「女郎とその仲間は客ひとりの命を無情にも奪った者らだ。そいつらがもし川越に逃げ戻っているのならば、妙な噂は広めたくねえ。ふたりの耳に入り、警戒しないとも限らねえからな」

「ふーん、ならば亀のように口を閉ざしているだね」

婆さんが金次を突き放した。

しばらく無言で考えた金次は、なんとか桑平市松や神守幹次郎の役に立ちたくて口を開いた。

「女の親父は川越舟運の船大工をしていたが、もうだいぶ前に船の下敷きになり怪我をして、船大工を辞めている。その娘が八月も前に吉原に身売りした、と思いな。女衒を通しもせず、親父が吉原の楼名指しで直によ、娘を売りに行ったんだ」

金次の話に婆さんはしばらく黙っていたが、

「笹平の娘の話だな」

と呟いた。

「婆さん、承知か」

金次の問いに頷いた婆さんが、

「おこうがそんな大それた真似をなしたか。八月で足抜されたんじゃ、吉原の見世も大損だ」

「だから、おれたちが出張ってきてんだよ。婆さん、女の親父を承知のようだな」

「笹平のことか。伊佐沼でよ、弟と網を打って魚を獲っちゃ城下の料理屋に売っているよ。うちに亀を持ち込むこともある。おこうを売った金なんぞ、たちまち博奕ですっちまったもんな」

と婆さんが言った。

「婆さんよ、おこうが足抜したには手助けがあった。おこうの従兄弟の作造って一端の悪が一枚噛んでやがる。このふたりが川越に戻った様子はないか」

「まむしの作造か」

と婆さんが恐ろしげに名を呟いた。

「まむしなんてふたつ名で呼ばれているのか」

「あいつ、若いわりにひでえことを平気でやるよ。あいつが人を殺したって聞いたって川越の者は嘘とは思うめえ」

金次が婆さんの言葉に頷いた。

「江戸でそんな悪さを働いてきたんなら、お天道様《てんと》の下に面は出せめえ。だがな、おめえらが川越に戻っているんじゃねえかと見当をつけたのは、悪い知恵じゃねえかもしれないな。まむしのような悪でも、江戸へ出て何年かしたら必ず川越へ戻ってくるだよ」

「そんなに住みやすいかねえ」

「松平の殿様の内証は、決していいとは言えめえな。だがよ、江戸と舟運が結んで百艘からの船が毎日往来する川越だ。地道に働けば、食うだけは心配ねえだ。この辺りをひと回りしてきな、おめえの話を広めねえで、ふたりを見かけた者はいないかどうか、調べておいてやるよ」

と放生会の婆さんが言った。

金次は幹次郎らが戻ってくる気配がないので、婆さんのすすめに従い、川越見物でもするかと思った。だが、川越は初めての訪《おとな》いだ。

「婆さんよ、川越城下は初めてだ。どこを見物すればいい」

「そうだな、川越といえば、なにをおいても喜多院《きたいん》に仙波東照宮かね」

「おりゃ、神社だの寺だのは好かねえ」

「なに、化粧の匂いのする盛り場がいいと言うかね」

「吉原でよ、化粧っけのある女郎は食傷《しょくしょう》していらあ」

「おめえの若さじゃ、女郎衆が洟も引っかけてくれめえ」

金次のことを婆さんはお見通しだった。

「寛永十五年というから今から百五、六十年前、川越が大火に見舞われてな、神君家康様を祀った仙波東照宮も喜多院も燃えてなくなった。その折り、将軍家光様が急ぎ復旧を命じられてな、この新河岸川を使って江戸から資材を川越に上げたのよ。そんなわけで江戸城紅葉山《もみじやま》の別殿を喜多院に移したからよ、客殿には家光様の誕生の間やら、書院には春日局《かすがのつぼね》様の化粧の間があるよ」

と金次の顔色を窺《うかが》いながら喋っていた婆さんが、

「どうやらおめえには婆の話は高尚《こうしょう》過ぎたようだな。なんでもいいからその辺をひと回りしてきな」

と諦めの口調で言った。

「ああ、そうしよう」

金次は扇河岸からぶらぶらと歩いていくと、なんと婆さんが言った仙波東照宮の前に出た。

「まあ、抹香《まっこう》臭い寺より東照宮にお参りしていくか」

と鳥居を潜って境内《けいだい》に入った。

金次は知らなかったが、駿府《すんぷ》城で亡くなった家康は、遺言で久能山《くのうざん》に遺骸《いがい》が仮埋葬された。

その後、日光《にっこう》東照宮の完成を待って家康の遺骸は日光へと運ばれる。その道中、武蔵国川越に立ち寄ったゆえに川越に神君家康を祭神とする仙波東照宮が創建された。

金次にとってそのようなことはどうでもよいことで、拝殿に向かって柏手を打つと、参拝を終えた。

(さあてどうしたものか)

金次は仙波東照宮の北側にある喜多院の門前にあった茶屋に入り、団子と茶で時を過ごした。

日差しからいえばもう九つ（正午）過ぎだろう。

扇河岸の中安に戻ってみるか、と来たときとは別の道を歩いて戻ろうとしたが、道に迷ったらしく半刻もかかってようやく扇河岸の中安の前に辿《たど》り着いた。

すると放生会の婆さんが金次を見て、手招きをした。

「どこへ行っただ」

「結局よ、婆さんが言った仙波東照宮だか、喜多院だかの前に出てよ、門前の茶屋で団子を食ってよ、道に迷い迷い戻ってきただけだ」

ふーん、と鼻で返事をした婆さんが、

「おこうとまむしの作造は川越に戻っているぞ」

といきなり言った。

「な、なに、だれが言った」

「そりゃ、言えねえ。だが、間違いねえ。ふたりが、今朝方徒歩で川越に入ったことはたしかだ。作造とおこうは、明日にも川越を発って遠くに旅に出ると言うたそうだ」

「ふたりと話した者がいるのか」

「ああ、昔のよ、作造の悪仲間だ。だからよ、戻っておるのは間違いないことだ」

と婆さんが言い切った。

「おこうはなぜか坊主頭でよ、笠を被り、男の形をしていたというぞ」

金次はこの話、本物だと思った。

おこうは吉原の大門を抜けたとき、まさに髪を切って笠を被って男の形をしていたのだ。婆さんにはそのようなことは一切話していない。

「助かった。おれの旦那方は戻ってきた様子か」

「いいや、戻ってねえな」

くそっ、と金次は思った。

「ふたりに会った悪仲間に会えないものか」

「無理だな、われの孫だ。そいつを知ったら作造が孫にどんな悪さするか知れたもんじゃねえ。作造は並みの悪じゃねえからな。珍しく孫に銭をたからなかったそうだ」

そりゃそうだろう、葉三郎の貯め込んだ金子を百両ほど持っているのだから、小銭を昔の仲間にたかる必要はなかった。

「婆さんの孫はなにをしているのだ」

「彦一《ひこいち》か、水夫の見習いだ。もう悪さから足を洗っただ」

「いくつだね」

「十七だ」

「堅気《かたぎ》の仕事でよかったな」

「ああ」

と答えた婆さんが、

「二十文の功徳はあったろうが」

と金次に威張《いば》った。

「十分にあったぜ」

金次は盥を覗いた。

五匹ばかり亀が残っていた。巾着から一朱《しゅ》を出すと、尋ねた。

「盥に残った亀をぜんぶ放していいかね。釣りはなしだ」

婆さんが頷き、金次は盥ごと持って河岸道から下り新河岸川の流れに残った亀を解き放った。

中安に戻ると、男衆が、

「おまえさんの旦那から使いがあったぞ」

と金次に言った。

「言づけはなんですね」

「札《ふだ》ノ辻《つじ》の旅籠《はたご》、川伊勢《かわいせ》に引き移るゆえこちらに残した荷を持ってくるようにだとよ」

「分かったぜ」

と答えた金次は、

「こちらの宿代はどうなっている」

と案じ顔で訊いた。

「使いが旅籠代を払っていかれたよ」

「助かった」

金次は二階座敷に戻ると、幹次郎と桑平の道中嚢をひとまとめにして自分の風呂敷に包み込んで階下に下りた。

「札ノ辻はここから遠いかえ」

「お城を目指して行きなされ。川伊勢は藩御用達《ごようたし》の旅籠だ、だれに訊いても承知のところだ」

と男衆が金次に答えた。

金次は中安の土間から川岸を見た。だが、もはや放生会の婆さんの姿はなかった。

「男衆、放生会の婆様の名はなんだえ」

「おたかさんか」

「住まいは承知か」

「ここから南に行ったほうだと聞いたが、なにか用事か」

「いや、そうじゃない」

と答えた金次は三人分の旅仕度を包み込んだ風呂敷を背に、札ノ辻の藩御用達という旅籠に向かって歩き出した。


四半刻後、古そうな門構えの旅籠の表口に立った。

「いらっしゃいまし」

と女衆が出迎え、うちの客には似つかわしくないが、という顔をした。

「こちらに江戸から来た桑平市松様と神守幹次郎様が宿を取っているはずだが、わっしは供の者ですよ」

金次はいささか腰が引けた口調で説明した。

「ああ、お城の宇月忠吾様のお客人だね。まだ見えてないが、おまえ様に言づけがあるよ」

と女衆がようやく得心した顔で言った。

「言づけとはなんですね」

「伊佐沼に来るようにですと。おまえさんの姿は先方が見つけるそうですよ」

と言った女衆が、

「おまえ様方は一体何者だね」

と尋ねた。

「こちらの藩に世話になっているがね、江戸の者だ」

と答えた金次は、伊佐沼の場所を女衆に訊き、風呂敷包みを預けると命じられた場所を目指すために、まず新河岸川へと向かった。

途中の煮売り屋で握り飯に香の物、それに貧乏徳利に酒と茶碗を買い求めると、金次の持ち金はなくなった。ふたりが伊佐沼に呼び出したというのは張り込みのためだと思い、食いものと飲みものを購ったのだ。

金次が伊佐沼に辿り着いたとき、八つ半(午後三時)は過ぎていた。

喜多院の門前の茶屋で団子を食っただけで昼餉抜きだ。

ぐうっ

と金次の腹が鳴る音を聞いたように木の陰から幹次郎が姿を見せた。

「川越に来てよ、歩いてばかりだ」

「金次、おこうと作造が姿を見せるかどうか分からないが、ふたりの家がこの場所から見える」

と幹次郎が高台の作業小屋を指した。そこから伊佐沼が見え、緑の中に破れ家が点在していた。

幹次郎が金次を連れて小屋に入ると、桑平が、

「川越で藩御用達の旅籠を取ってもらったというのに、来るか来ないか分からないおこうと作造の張り込みか」

と嘆いてみせた。

「桑平様、必ずふたりは来ますぜ」

「ほう、なんぞ証しでもあるか」

金次は放生会のおたか婆さんから聞いた話をした。

「よし、よくやった。これで張り込みに勢いがつくというものだ」

と桑平が張り切り、一方、幹次郎はなぜか金次の話に胸騒ぎを覚えた。

三

三人で交代に作業小屋から笹平と稲次郎の家を見張った。

幹次郎は八つ半（午前三時）から夜明けの六つ半（午前七時）まで見張りを担当したが、おこうと作造が姿を見せる気配はなかった。

ふたりの親父である笹平と稲次郎の兄弟が夜明け前に小舟を伊佐沼に出して漁を始めた。

夜が明けて朝靄《あさもや》の中、漁の光景も眺めることができた。

（なにか見落としている）

と幹次郎は思った。

（それがなにか）

寒さゆえか桑平市松が目を覚まして、変わりはないようだな、という顔で幹次郎を見た。

「あやつらの親父ふたりは、沼で漁をしている。全くおかしいところがない」

「却《かえ》っておかしいか」

「ということだ」

「われらがなにかを勘違いしているのだ」

ふたりの話し声に金次が、

「うわっ、さむ」

と言いながら起きた。

「おこうと作造は、川越まで戻ってきながらも家には姿を見せない。どういうことだ」

桑平が自問するように呟き、

「それはさ、おれたちが追ってくることを用心しているのではありませんか」

と金次が答えた。

「ということは十分考えられる。だが、あやつら、親父の落ち着きぶりが気にかかる」

と桑平が応じ、黙ったままの幹次郎を見た。

「ひょっとしたら、すでに会っているということはなかろうか」

「だって、おたか婆さんの孫の彦一が昨日ふたりに会って話しているんだぜ。そのときには旦那方ふたりが伊佐沼の家を訪ね、そのあとずっとこの小屋から見張っている。いつ会ったんですね」

金次が疑問を呈した。

「そこだ。おたか婆さんの孫の彦一が会ったおこうと作造は、そのとき、江戸から着いたのではなく、すでに前日か前々日に川越に戻っていたとしたらどうなる」

「だって、おれたち飛切船であいつらを追ってきましたぜ」

「まむしとふたつ名のある作造は、若いが狡猾《こうかつ》な頭の持ち主と承知している。花川戸の船問屋を訪ねたのがわざとのこととしたらどうなる。川越行きの早船に乗りたい素振りを番頭に見せながら、その実、最初から船などを使う気はなかった。川越街道を早駕籠を使いながら、一気に川越に入った。たしかに飛切船は早船に比べても速い。だが、われらはおこうと作造から二日遅れての江戸発ちであり、その間に徒歩で川越に入り、すでに稲次郎の家を訪ねていたとしたらどうなる」

「われらが会った折り、笹平と稲次郎の態度が微妙に違ったことはたしかだ、神守どの」

「そうなのだ。少なくとも稲次郎はふたりが川越に戻っておることを承知していたのではないか」

「えっ、じゃあ、おたか婆さんの孫の彦一になぜ今川越に着いたみたいなことを喋ったんだよ」

「われらの追跡の目を眩ますための策ではないか。孫の口からおたか婆さんの耳に入り、川越の人に喋ることを前提に、ふたりは虚言を弄したのだ。事実、そなたがおたか婆さんから訊き込んだ」

「となると、ふたりはすでに川越を離れたか」

「あるいは、われらにそう思い込ませて諦めさせ、江戸に戻るまで川越のどこかに身を潜めていることも考えられる」

幹次郎の言葉に桑平が、ふうっ、と息をひとつ吐き、

「まむしの作造め、あれこれとわれらを虚仮にしてくれおるな。どうしたものかね、裏同心どの」

桑平の問いに幹次郎はしばし考えた。

「桑平どの、それがしの推量は全く間違っておるかもしれぬ。ゆえにこの小屋からの見張りは続けよう。あやつらも、われらの動きをどこぞから観察しておるかもしれぬ。伊佐沼界隈は馴染の土地、なんでも承知だ」

「たしかにな」

「一日二日、見張りを続けて、あやつらが姿を見せなければ、われらは江戸へと戻ることにする」

「えっ、神守様、あやつらを諦めるのか」

「そう思わせるだけだ」

と答えた幹次郎は、川越に来て、あのふたりがこの川越でひっそりと暮らしていくことを企てているような気がますます強くなっていた。

「金次、そなた、もう一度おたか婆さんに会い、孫の彦一に会わせてくれるように願ってみないか。昔の悪仲間ならば、川越でふたりが隠れ潜みそうな場所に心当たりがあるのではないか」

金次が頷き、おたかのもとへ向かう仕度を始めたが、

「今夜おれだけであの宿に泊まることになるか、落ち着かないな。中安と違ってよ、えらく立派な宿なんだ」

と幹次郎を見た。

「まあ、そなたひとりとなれば上座敷《かみ》には泊めまい。藩御用達ゆえ供用の部屋もあろう。金次は今晩、まず供部屋に入れられるな」

幹次郎は、四郎兵衛から預かってきた路銀《ろぎん》の半分を金次に渡した。

「よし、これから帰る。婆さんに訊いて彦一に会ってよ、話が聞き出せたら直ぐにこちらに連絡《つなぎ》をつけに戻りますぜ」

と言い残して金次が小屋から消えた。

「まむしの作造に踊らされているな」

「策士《さくし》は策に溺《おぼ》れるものです。やはりわれら、あやつの企てに乗ったつもりを当分続けましょうか」

「この小屋から見張りを続けるというか」

「それしか手はございませんでな」

と幹次郎が言った。

それまで小屋の囲炉裏に火を入れなかったが、作造らがこちらの動きを承知していることを前提に火を熾《おこ》した。これでだいぶ過ごしやすくなった。

金次は幹次郎が思っていた以上に早く小屋に戻ってきた。顔色が変わっている。夕暮れ前の刻限だ。手には食いものを入れた竹籠を提げていた。

「どうした」

「孫の彦一の姿が消えた」

「なにっ！」

「彦一は今日出る夜船に乗り込むはずなのに姿を見せないんだとか。婆さんもこれまでそんなことは一度としてなかったと案じている」

早船は八つ半から七つ（午前四時）の刻限に扇河岸を出船した。彦一は乗り込まずに本日の早船は出ていた。

「彦一は、作造に仲間に誘い込まれたというか」

幹次郎はそう答えながら作造が彦一に狙いをつけて口を封じたのではないかと、そのことを案じた。

「神守どの、ここは思案のしどころだな。川越藩の宇月どのの力を借りよう。それがしがこれまでの経緯を認める。金次、書状を町在奉行所の宇月どのに渡してくれぬか。人ひとりの命がかかっているのだ、宇月どのらが動いてくれよう」

「桑平様方はまだこちらに残りますかえ」

桑平が幹次郎を見た。

「作造の親父稲次郎は信が置けませぬ。倅が今夜にも戻ってくることも考えられる。彦一に会ったとき、明日にも川越を離れると言っておきながら、未だ川越にいるのではなかろうか。われら、愚直《ぐちょく》にあやつの策に乗ったふりを続けませぬか」

「よかろう」

桑平が宇月忠吾に宛てて書状を書く間に、金次が川越で買ってきた味噌、野菜などと昨日食い残した握り飯を使い、雑炊《ぞうすい》を囲炉裏の火で作った。

雑炊が出来上がったころ、桑平も書状を認め終えた。

「神守様、おれはこの足でお城を訪ねるぜ。宇月様が屋敷に戻ったとなると厄介だからな」

「腹は減っておらぬのか」

「ご城下に戻れば食いもの屋はいくらでもあるぜ」

金次がそう答えて作業小屋から出ていった。

外にはすでに春の宵闇が訪れていた。

作業小屋に人がいることは囲炉裏の煙が教えよう。

(まむしの作造がどう動くか)

交代で見張りながら、金次の作った雑炊をふたりは食った。

「江戸町奉行所の定町廻り同心と吉原会所の裏同心どのが川越城下外れの伊佐沼で、雑炊を掻き込んで見張りとは。泣きたくなるな」

桑平が、ぼそりと呟いた。

「桑平どのは江戸生まれの江戸育ち、食いものに困ったことも寒さに震えた経験もござるまい」

「江戸市中でも張り込みはある。だが、川越城下外れでの張り込みは初めてのことだな」

と答えた桑平が幹次郎を、

(そなたはあるのか)

という表情で見た。

幹次郎は作業小屋の板壁の隙間から笹平と稲次郎の破れ家を月明かりで見ながら、

「われら、長年妻仇討《めがたきうち》にて諸国を追い回されておりましたからな、ひもじさも寒さもたっぷりと経験致しました」

「忘れておった。そなたが大胆極まる御仁ということをな。汀女どのは上役の妻《さい》女《じょ》であったのだな」

「いえ、それ以前は姉様とそれがし、同じ長屋で姉弟同然に育った間柄でした。すべては姉様の親父様が病に倒れ、薬代に困って金貸しをする上役に金を借りたことが始まりでござった。姉様は借財の代わりにその上役の妻に強《し》いられたのでござる」

「噂は真であったか。そなたの肝が据わっておるのは、その経験が生きておるからか」

「桑平どの、作造の気持ちが痛いほど分かります」

「吉原会所の裏同心どのがそのような言葉を吐いてよいのか。いくら従姉《いとこ》のためとはいえ、吉原を引っ搔き回した挙句に罪咎もない客を縊り殺したのだぞ」

「いえ、それがしが申したのは、作造がそれほどおこうを思い詰めていたということだけです。まあ、われらとて吉原に救われなければ、未だ諸国を逃げ回っていたはずです。作造には、そんな覚悟はございますまい、生まれ在所のこの地に執着するかぎり、身を滅ぼします」

「そのためにわれら、この小屋におる」

そのとき、幹次郎は稲次郎の家から人影が忍び出て納屋に入っていったのを見た。

「桑平どの」

その声に桑平が立って幹次郎の傍に来た。

刻限は五つ半（午後九時）を過ぎていた。

「稲次郎です、夜の漁でしょうか」

「さあて」

「それがしが様子を見て参ります」

幹次郎は相州十哲のひとり、佐伯則重が鍛造した一剣を腰に落とし差しにすると、作業小屋から忍び出た。作業小屋から稲次郎の破れ家まで一丁半（約百六十四メートル）ほどの小道を幹次郎は下った。

納屋から松明《たいまつ》や投網を抱えた稲次郎が沼岸に泊めた舟に乗り込み、沼の真ん中へと棹を使って出ていった。

幹次郎が、

（やはり夜漁だ）

と思ったとき、漁《いさ》り舟の行き先が変わった。

新河岸川への流れに向かって棹を差し、一気に伊佐沼から姿を消そうとした。

幹次郎は、伊佐沼の岸辺を新河岸川の入り口へと走った。だが、新河岸川に到着したとき、稲次郎の乗る漁り舟の姿は、夜の闇の中に掻き消えていた。

「なんということだ」

流れに向かって罵り声を上げた。

幹次郎が作業小屋に戻ると桑平が、

「逃げられたが、これで稲次郎が少なくとも作造と連絡を取り合っていることが分かったと思わぬか」

「まず間違いございますまいが、その場を押さえぬことにはなんとでも言い逃れされます」

「帰りを待つしかあるまい」

「明け方までには戻って参りましょう」

「その場をふん捕まえて喋らせるか」

「ひと筋縄ではいかぬ父子とみました」

「くそっ」

と桑平が吐き捨てた。

稲次郎の漁り舟が伊佐沼にふたたび姿を見せたのは八つ半の頃合いだった。

桑平と幹次郎は、漁り舟が岸辺の舟寄場に着くのを萱《かや》の陰に身を潜めて待った。

幹次郎の前帯には作業小屋にあった出刃《でば》包丁が挟まれてあった。なにがあってもいいようにだ。

稲次郎が舫い綱を杭に結んだ。

立ち上がろうとした桑平を幹次郎は腕を押さえて制止した。

稲次郎が漁り舟に戻り、大きな菰《こも》包みを抱え上げた。大力《だいりき》の稲次郎が、どさり、岸辺に菰包みを投げ下ろした。すると、くえっ、と人の声のような音が漏れ聞こえた。

桑平が立ち上がると、

「待っていたぜ、稲次郎」

と声をかけた。

「な、なんだ、江戸の小役人が。ここは親藩松平様のご領内だぞ」

と居直った。手には、鎌の刃のようなものを装着した六尺（約百八十二センチ）ほどの棹を構えていた。

「菰包みの中はなんだえ」

「漁りの道具だ」

「漁りの道具が悲鳴を上げるか」

桑平の言葉に稲次郎が、

「ほう、そうかえ。ならば伊佐沼の魚のエサにするように斬り刻むか」

と鎌の刃を菰包みに向けようとした。

その瞬間、幹次郎が前帯に挟んだ出刃包丁を抜くと、浅草奥山《おくやま》の出刃打ち女芸人の紫光《しこう》太夫直伝の技で投げ打った。出刃は見事に飛んで稲次郎の長柄《ながえ》の鎌を持つ腕に突き立った。

桑平は十手を抜くと、出刃を抜こうとした稲次郎の額に、ごつんと音を立てて打ち込んだ。

ぐらり、揺れた体がその場に崩れ落ちた。

幹次郎は、稲次郎の腕から出刃を抜くと、菰包みの縄を切り、菰を開いた。すると月明かりに、顔に布袋を掛けられ手足を結ばれた男が現われた。布袋を外すと、男の口に手拭いが突っ込まれていた。

幹次郎が猿轡《さるぐつわ》代わりの手拭いを取ると、ふうっと大きな息をした。

若い男だ。

「そなた、彦一か」

口を大きく開いて冷たい空気を肺へと吸い込んだ若者が、

「へ、へえ」

とようやく返事をした。

「まむしの作造に捕まったか」

「あいつが婆様に喋ったなと言って、こんな目に遭わせたんだ。ほんとうに、こ、殺されるかと思ったぜ」

彦一は泣きそうな顔をした。

「もう大丈夫だ。こちらは江戸町奉行所の同心どの、それがしは吉原会所の者だ」

幹次郎は彦一を安心させるために身分を名乗った。

「おこうはやっぱり足抜したのか」

「そういうことだ。理不尽《りふじん》にも足抜した女子を許すわけにはいかぬでな」

と答えた幹次郎が、

「彦一、作造とおこうのいるところを承知か」

と尋ねた。

彦一は首を弱々しく横に振った。

「だってよ、姿を見せた作造にいきなり鍬《くわ》の柄《え》で頭を殴られてよ、おれ、気を失ったんだ。気づいたときにはがんじがらめに縛り上げられていてよ、息がようやくできるくらいで、どこにいたかなんて分かりはしないよ」

「川越城下だな」

「ああ、時鐘《ときのかね》が聞こえていたから城下のどこかだ。そんで舟に乗せられたんだ」

「となれば、稲次郎の体に尋ねるしかないか」

と桑平が出刃の傷を調べて腕を手拭いできつく縛り、血止めをした。

四

幹次郎らは、彦一と稲次郎を伴い、稲次郎の舟にふたりを乗せて伊佐沼から新河岸川を利用して川越城下に戻った。

新河岸川は、川越城の東側を抜けているために新河岸川に接して川越藩の船着場があった。

桑平はこの船着場に強引に稲次郎の小舟を入れて、小言を言おうとした番人に町在奉行支配下の宇月忠吾の名を出して呼んでもらった。

その結果、小舟は藩の船着場に隠され、彦一と怪我を負った稲次郎が川越城の一角の番屋に連れ込まれた。

稲次郎の怪我の手当てが行われる間に桑平が宇月に経緯を説明した。その場に町在奉行の杉浦も同席した。説明を聞いた杉浦が、

「ほう、まむしの作造とおこうは川越に戻っておりましたか」

「ですが、稲次郎もふたりがどこに潜んでいるか知らず、作造とは新河岸川で会って彦一の身柄をしばらく伊佐沼の家に隠しておけ、と頼まれたそうです。稲次郎が知らぬのは、どうも真のことと思えるのですが」

杉浦が恐怖感から抜けて虚脱《きょだつ》したような彦一を顎で指した。

「あの者も知らぬのですな」

「いきなり作造に襲われて気を失ったそうで。意識が戻った折りに時鐘の音を聞いたようだというのですが」

「時鐘ですか、城下の大概の場所に響き渡りますでな、鐘の音では特定できませんな」

と杉浦が言った。

桑平が幹次郎を見た。

「おこうは吉原の大門を抜け出た折り、男に扮装するために女の命の髪を総髪に

まで切り詰めておりました。彦一が最初に川越で会ったとき、破れ笠の下は丸坊主のようだったと言っております」

幹次郎が彦一を見ると彦一ががくがくと頷いた。

幹次郎は懐からお守りを出して杉浦や桑平に見せた。

「かような稲荷社が川越にございましょうか」

桑平が怪訝《けげん》な顔をし、それを見た宇月が、

「幽霊寺《ゆうれいでら》のある社か」

と言った。

桑平が訝しい顔をしたのは、幹次郎が稲荷社のお守りを持っていることを知らなかったからだ。

吉原の五木楼でおこうの寝小便癖に同情を寄せていた遊女の桜乃はおこうと別れる折り、川越稲荷大権現のお守りをもらっていた。

幹次郎はこのお守りを桜乃から預かってきたことを忘れていた。

彦一が時鐘の音を聞いたと言ったとき、なぜか幹次郎はこのお守りのことを思い出したのだ。

「ええ、幽霊寺とは、駆け込み寺の女真院《にょしんいん》のことでございましてな、尼寺《あまでら》です。

川越稲荷社という名の神社の別当寺《べっとうじ》にございます」

「女真院は、駆け込み寺にして尼寺ですか」

「はい」

宇月が返事をした。

「なぜ幽霊寺と呼ばれるのですか」

「さてなぜかな」

若い宇月が首を捻った。

「忠吾の歳では知るまいな。わしが幼いころ、女真院に入った女子が何人か立て続けに行方知れずになる騒ぎがございましてな。尼寺に入ったはいいが、修行に堪《た》えられず逃げ出しただけの話かもしれません。ですが、女真院に入ると姿が消えるというので幽霊寺なんて、あまり有難くない名で呼ばれるようになったのです。場所は、喜多院の東側ですよ」

と杉浦がすらすらと宇月に代わって答えた。

「川越稲荷社の境内にこの幽霊寺があるのですな」

「はい」

「神守どの、なんぞ気になるか」

桑平が幹次郎に訊いた。

頷いた幹次郎が彦一に視線を移して、

「彦一、そなたが作造とおこうに出会ったのは偶然と思うか」

「たまさかだよ、作造もまずいなって顔をしていたもの」

「場所はどこだ」

「仙波東照宮の近くの路地だよ」

と答えた彦一が稲次郎を見ながら、

「おこうの一家は昔、幽霊寺の裏手に住んでいたんじゃないか」

と言った。

「余計なことを喋るな」

と稲次郎が彦一を睨んだ。

「だってよ、ほんとのことだろ」

と彦一が反論した。

「つまりおこうは幽霊寺をよく知っていた。さらには吉原の大門を男装で抜けるために総髪に切ったおこうが川越に戻ったとき、丸坊主になったのはなんのためでしょうか」

「そうか、女真院に駆け込んで当分潜んでいようという魂胆か」

と桑平が言い出し、幹次郎が頷いた。

「杉浦様、おこうが吉原に身売りしたのは、父親の笹平のためでもございましたが、作造と相談して吉原にひと泡吹かせ、あわよくば金を持ってそうな客を騙してひと稼ぎし、川越に戻ってほとぼりが冷めるまで女真院に隠れ潜んで過ごす考えの上でした。寝小便なんて一時の恥、作造の姉が吉原で心中沙汰を起こしたこともあり、吉原を誑《たぶら》かすのは若いふたりにとってなんでもないことだったのです。だが、おこうが女真院に駆け込む前にたまさか彦一と会ってしまった。そのときは、なんとなく別れたが、あとで考えれば彦一の口を塞がねば危ないと考えたのでしょう。その企てに作造の親父がひと役買ったのではござらぬか」

「おれはなにも知らないぞ。ただ作造に、この若造を二、三日身動きできないように隠しておけと言われただけだ」

ふて腐れた稲次郎が言い放った。

「となると、おこうは未だ女真院に潜んでいる。さて作造は、どうしておりましょうな」

「神守どの、駆け込み寺の近くに住まいして、こたびの一件が落ち着くのを待っておりましょうな」

と桑平が言った。

「江戸の方々、駆け込み寺となると、いささか交渉が要ります。しばし時を貸してくれませんか」

と杉浦が桑平と幹次郎に言った。

「お願い致す」

「話し合いが済んだら、ともかくおこうを女真院の外に出す手筈を整えます。作造は、そのあとのことだ」

杉浦が言った。

桑平と幹次郎は、ひとまず杉浦らと別れて彦一を伴い、扇河岸の中安の前に向かった。すると、おたか婆さんが今日も放生会の亀を入れた盥を前に悄然《しょうぜん》と座っていたが、

「ああ、彦一、無事やったか」

と立ち上がると彦一を小さな体で抱き締めた。

「ば、婆ちゃん、恥ずかしいよ」

「なにが恥ずかしい。命あっての物種《ものだね》だ、よかったよ、江戸のお役人さんよ」

とおたか婆さんが幹次郎らに礼を述べた。

「いや、礼を言うのはわれらのほうだ。なんとか探索の目途《めど》が立った」

「なに、未だ作造もおこうも捕まってないか」

「川越藩が動いておる。だが、未だ野放しだ。彦一、そなた、二、三日どこぞに潜む場所はないか」

幹次郎は彦一の身を案じた。

「お役人」

とおたか婆さんが言った。

「江戸へ出る知り合いの荷船がある。いつも彦一が乗る早船じゃねえが、荷船に乗って江戸を往来してくるというのはどうだ」

「いい考えだ」

おたか婆さんがその場で今しも扇河岸の船着場を離れようとしていた荷船の船頭に、

「喜十《きじゆう》さんよ、孫の彦一を手伝いで乗せてくれんかね。日当はなしでかまわねえよ」

と声をかけるとたちまち話がついた。

「婆ちゃんも気をつけろ」

彦一が言い残して河岸道から船着場に走り下りると、炭俵と屋根板を積んだ荷船に飛び乗った。


幹次郎と桑平が藩御用達の旅籠川伊勢を訪ねると、金次が供部屋で所在なげな顔をしていた。

「彦一は無事助かった」

「おお、よかった。で、作造とおこうはどうなりました」

「およそ潜んでいそうな場所の見当がついた。ただ今川越藩が動いておる。われらは待つしかない」

と幹次郎は答え、女衆が、

「旦那方はこちらへどうぞ」

と二階座敷に案内していこうとした。

「姉さんよ、おれひとり、ここか」

「主と供は座敷も食するものも違って当たり前です」

と金次はにべもなく断わられた。

その夜、鐘撞《かねつき》堂から四つの時鐘が川越城下に鳴り響いた。

鐘撞堂は寛永年間（一六二四〜一六四四）に当時の藩主の酒井忠勝《さかいただかつ》の命で建てられたものだ。

神守幹次郎と桑平市松、それに金次の三人は喜多院の東側にある川越稲荷別当女真院の門前に立っていた。

門扉の前には川越藩町在奉行の杉浦平右衛門、支配下の宇月忠吾らが捕物姿で山門が開くのを待ち受けていた。

四つの時鐘が鳴り終えてしばらくして、女真院の門扉が開き、中から女ふたりに手を取られておこうが姿を見せた。

「江戸吉原羅生門河岸の女郎おこうじゃな」

と杉浦が質し、

「私はそんな女子ではありません」

おこうは首を振って喚くように答えた。

江戸南町奉行所定町廻り同心の桑平市松がおこうの前に出た。

「おこう、年貢の納めどきだ。寝小便だなんだかんだと吉原を騙したばかりか、客を縊り殺したのは、許せねえ所業だ」

「私はそんなこと知りません。吉原なんて知りもしませんよ」

おこうが白《しら》を切った。

神守幹次郎と金次がおこうの前に姿を見せたのは、そのときだ。金次は川越に来て以来、裏返しにしていた長半纏を表にして着ていた。

その襟には、

「江戸吉原　吉原会所」

の名があった。

「おこう、南町の旦那の申された通りだ。神妙に致せ」

神守幹次郎と金次の顔を見たおこうの顔色が真っ青に変わった。

「さ、作造さん、助けて！」

おこうが夜空に向かって絶叫を上げた。

だが、その悲痛な叫びに作造は呼応《こおう》しなかった。

「どうやらまむしの作造は、おまえを見捨てたようだな」

桑平がおこうに引導《いんどう》を渡し、

「金次、川越藩の船におこうを乗せておけ」

と幹次郎が命じた。

女真院近くの新河岸川に川越藩御用船三芳丸が待ち受けていた。

おこうの手と腰を縛った金次が、

「おれひとりがおこうを船に連れていくのか」

「われらはこの界隈に潜んでいる作造をひっ捕える」

と幹次郎が決然と言い、

「金次、女ひとりとはいえ油断はするな」

と言葉を添えた。

金次は、致し方なくおこうを引き立てて新河岸川に向かった。

「金次さん、私、吉原に連れ戻されるの？　羅生門河岸に戻るのは御免だよ。五木楼にしておくれ」

おこうが金次ひとりと思ってか哀願《あいがん》の口調で願った。

「おこう、考えが甘いな。てめえは作造といっしょになって葉三郎って瓦職人を殺め、葉三郎が貯め込んだ百両まで盗んだ女だぜ。江戸で戻されるのは吉原じゃねえ、小伝馬町《こでんまちょう》の牢屋敷だ」

「嫌だよ、そんなとこ」

「おめえ、人を殺めることがどんなことか分からねえのか」

道の両側は寺の塀が続き、半丁（約五十五メートル）先に新河岸川の岸辺があった。

常夜灯《じょうやとう》の乏《とぼ》しい灯りがなんとかふたりを照らし出していた。

「分からねえな」

と前方の暗がりから声がした。

「さ、作造さん」

おこうの声に喜びが溢れた。

「金次といったか、てめえもこの川越が死に場所だ」

まむしの作造は、伊佐沼の漁で使うのか、先が三叉《みつまた》になった鋭い簎《やす》を構えた。

大物の鯰《なまず》を捕える簎だ。

「おれは伊佐沼育ちだ、おれが狙ったら百発百中だ」

「畜生」

金次が懐からなにか得物《えもの》をと探したが、簎から身を防ぐ道具はなにも持ち合わせていなかった。

「おこうの縄を手から離せ」

「くそっ」

追い詰められた金次は、それでも片手の縄を離そうとはしなかった。

「死んでもらおう」

「作造、そこまでだ」

暗がりから幹次郎の声がして、作造が振り返った。

寺の塀と塀の間の路地から神守幹次郎が姿を見せ、作造は狙いを変えて簎を幹次郎に投げた。

だが、幹次郎は腰の佐伯則重を一閃《いっせん》させて、簎の先を叩き斬ると、同時に刃を峰に返して作造へと間合《まあい》を詰めて、懐から匕首を抜こうとした相手の肩口に峰を落とした。

うっ！

と呻《うめ》いた作造がその場に崩れ落ちた。

「吉原の裏同心どのを舐めちゃならないぜ」

と言いながら、路地から桑平市松が姿を見せた。

幹次郎は則重を鞘《さや》に納め、口が利けない様子の金次を見た。

「金次、よう最後まで縄を離さなかったな」

「こ、これが、お、おれの務めよ。作造が姿を見せるんなら見せると教えてくれてもいいじゃないか。おれ、小便、ちびらせたぜ」

金次がようやく言った。

「こたびの騒ぎは寝小便に始まり、ちびり小便で片がついたか」

桑平市松が漏らした。


半刻後、九つの時鐘に送られるように川越藩御用船三芳丸は、新河岸川の流れに乗った。

「杉浦様、宇月どの、こたびはいかい世話になり申した」

桑平が船上から見送りの川越藩町在奉行の杉浦らに礼を述べ、幹次郎も一礼して感謝した。

「神守どの、次に江戸へ出た折りは、よろしくお世話願いますぞ」

宇月の若い声が願い、

「宇月様、承知しましたぜ」

と金次が答えた。

ふたりの罪人を乗せた三芳丸は、十三夜の月明かりの下、流れに乗って江戸へと向かって走り出していた。

罪びとの　悔いのせ下る　船の夜

幹次郎の頭にただ言葉がちらかった。

第五章　あと始末

一

正月も半ばとなった江戸の日差しは、風の中にも温もりがあった。そして、梅の香りがそこはかとなく漂っていた。

幹次郎は、汀女、おあき、黒介に見送られて柘榴の家の玄関を出た。

「行ってらっしゃいまし」

汀女の声を背に聞きながら庭の柘榴の木を見た。

鮮《あざ》やかな柘榴の実がひとつだけ黒ずんで冬に堪え、枝に残っていた。

「やはりわが家はいいな」

幹次郎は思わず呟いた。

川越藩の御用船で新河岸川から荒川を下り、昨日の朝の間に日本橋川右岸の南茅場町《みなみかやばちょう》の大番屋にまむしの作造とおこうを連れ込んだ。

もはや幹次郎と金次の務めは終わった。

おこうは吉原から足抜したただけではない。客の瓦職人葉三郎を作造といっしょに縊り殺して大門から葉三郎の形で逃げ出したのだ。

吉原からの足抜より、殺しと葉三郎の持ち金百両余を盗んだ行為がはるかに深刻だった。となれば吉原に連れ戻すことは考えられず、町奉行所の裁きに託《たく》するしかなかった。


幹次郎は、ふたりが大番屋に連れ込まれたのを見届けて、川越藩の御用船の船頭衆に礼を述べ、折りから通りかかった空の猪牙舟を願って金次と共に山谷堀へと戻った。そして、土手八丁を歩いて、朝まだきの大門を潜った。

四郎兵衛と仙右衛門に事の次第を報告した。

「そうでしたか、ふたりは生まれ在所の川越に戻っておりましたか」

と応じた四郎兵衛が、

「ご苦労でしたな」

とふたりを労った。

「金次め、少しは役に立ちましたか」

仙右衛門が幹次郎に尋ねた。

「番方、作造とおこうが川越に戻っていることを放生会の婆様から聞き出したのは他ならぬ金次です。この知らせに川越藩も本気になりました。十分に役に立ちましたぞ」

幹次郎の言葉に金次が嬉しそうな顔をした。

「頭取、番方、江戸もいいが、たまには外に出るのもいいな。この次の御用もおれが行く」

「金次、その考えがいけねえ。会所の命はすべて七代目が出しなさることだ。未だ青臭いおめえをなんとか一人前に育てようと、七代目が神守様に格別に願ったことを忘れるんじゃねえ」

番方にぴしゃりと言われた金次がしょんぼりした。

「川越藩に世話をかけましたな。神守様、近々江戸藩邸にお礼に参ります折りにごいっしょ願いますぞ」

四郎兵衛に願われた幹次郎が頷いた。

「番方、やや子は、ひなは元気か」

「元気どころじゃねえ」

「それはよかった」

「わっしなんざ、少しも触らせてもらえねえ。爺様が隙あらば抱こう抱こうとしているのだ」

「なに、未だ相庵先生は孫にめろめろか」

「血も繋がってないのにな」

「そなたら一家は血よりも強い絆《きずな》に結ばれておるでな」

「絆の中にわっしが入ってねえようだ」

仙右衛門がぼやいた。

「神守様、夜船では眠ることもできませんな。今日は汀女先生のもとで体を休めなされ。玉藻にも汀女先生に本日は料理茶屋には遅くからでよいように伝えるよう命じておきます」

四郎兵衛が言い、幹次郎はその言葉を有難く受けた。

一日休養を取った幹次郎は、すっかりと元気を取り戻して柘榴の家をあとにした。

いつの間にか、山谷堀も水がぬるんで春の気配が両岸にあった。

見返り柳の前で足田甚吉《あしだじんきち》に会った。甚吉は幹次郎と同じ長屋で育った幼馴染で、豊後岡藩《ぶんごおか》で中間《ちゅうげん》をしていたが、今は山口巴屋《やまぐちともえや》の男衆として働いていた。

「おい、幹やん、御用でどこぞに行っていたそうだな、姉様が寂しそうな顔をしていたぞ」

「番方の家とは違い、こちらは古女房だ。そんなことがあるものか」

と幹次郎が応じると、

「おい、面番所の村崎同心がえらく幹やんのことを気にしておったぞ」

「なぜだ」

と問い返した幹次郎だが、理由は分かっていた。

面番所の隠密廻り同心村崎季光は、幹次郎が同じ南町奉行所の定町廻り同心と行動を共にしているのではないかと、気にかけているのだ。

昨日、江戸に戻りついたとき、幹次郎と金次は大番屋に入らずに河岸から吉原へと戻ってきた。その上でこたびの一件に吉原会所が関わっていることを伏せるように四郎兵衛に願っていた。その折り、

「桑平様も承知なされておられますな」

四郎兵衛が問い返した。

「わしの手柄にしてよいのかと申されておりましたが、川越藩の手助けで南町奉行所がふたりを捕縛したことにしたほうが、なにかといいような気がします」

幹次郎の言葉に仙右衛門が頷き、

「そうだな、わっしらは男の形をしたおこうが大門を出るのを見逃しております。こたびは南町に花を持たせるのも悪くはございますまい」

幹次郎と金次は、別の地に御用で行ったということで話がついていた。

だが、同輩の桑平が江戸を離れ、その折りに神守幹次郎が姿を消しているということは、羅生門河岸の殺しと足抜に関わりがある動きだと、村崎同心が推量することは容易《ようい》に考えられた。

「幹やん、会所にいいように使われておらぬか」

甚吉が気にかけた。

「務めはどれも楽ではなかろう。われら夫婦は会所の務めに満足しておる。気にかけんでくれ」

「ならばよいが」

と幹次郎と別れた甚吉がまた戻ってきて、

「玉藻様の顔色が悪いぞ」

「病か」

「そうではあるまい。おそらく姉様は玉藻様のことをよう承知と思うがな、ときに不意に奉公人を叱ったり、怒鳴ったりしてな、そのあと始末に姉様が追われておる」

幹次郎は甚吉の言葉を黙って受け止め、

「甚吉、人にはだれしも悩みはある。その折り、傍《はた》の者は黙って見守るしかあるまい」

と甚吉を諭《さと》し、別れた。

四郎兵衛の娘の玉藻は、仲之町の引手《ひきて》茶屋の女将、また浅草寺門前町の料理茶屋山口巴屋の女主を務め、また吉原会所の七代目頭取の娘としての働きもしていた。なかなか利発にして父親孝行のできた働き者だが、女ひとりの仕事の量を超えていた。そこで近ごろでは、料理茶屋の女将業は汀女に任せて、時折り、顔を覗かせるくらいだ。

この玉藻の悩みを幹次郎も汀女も察していた。

自らの身の上だ。

四郎兵衛が幾たびか見合い話を持ちかけたが、玉藻は悉《ことごと》く断わっていた。それは四郎兵衛が外で産ませた、

「倅の慎一郎《しんいちろう》」

のことを気にかけてのことだった。

玉藻は、慎一郎を四郎兵衛の跡継ぎにと考えている節も見られたが、慎一郎のことをだれにも話そうとはしなかった。ゆえに玉藻以外だれも「慎一郎」と会った者はいなかった。

自らの相手と四郎兵衛の跡継ぎをどうするか、このことで玉藻が独り悩んでいることを、汀女も幹次郎も案じていた。だが、玉藻から相談をされない以上、どうにも口の出しようがなかった。

そんなことを考えながら五十間道を下っていくと、大門を背にして仁王立《におうだ》ちになっている者がいた。

大門の中の待合ノ辻には未だ舞台が設けられていた。

正月松の内は終わったが、二月の初めまでは門付《かどづけ》芸の大黒舞《だいこくまい》や芝居狂言を催して景気をつける、そのための舞台だ。

幹次郎の前に立ち塞がったのは、面番所の隠密廻り同心村崎季光だ。

「おお、裏同心どの、このところ顔を見かけなかったな」

一見機嫌は悪くないように見えた。

「私用にて江戸を離れておりました」

「私用じゃと、旧藩に関わりあることか」

「おや、なぜそのようなことを口になされますな」

「そなたの旧藩、豊後岡藩の江戸留守居役どのが面番所を訪れて、わしにあれこれとそなたの働きぶりを尋ねて参ったでな」

「四十木《よそぎ》様がですか」

「ああ、そのお方だ。お城の詰めの間の留守居仲間が吉原で正月の集いをなした折りに、面番所を訪ねられたのだ。ああ、案じることはない。わしはそなたのことを存分に褒め称《たた》えてやったからな」

「お節介《せっかい》にございますな」

「なに、礼のひとつも言うかと思えば、お節介と抜かしおったか。甚《はなは》だ心外じゃな」

「村崎どの、それがし、旧藩とはもはやなんら関わりがございません」

「なに、再仕官の気持ちはないのか、惜《お》しいではないか」

「ならば、村崎どのが仕官なされよ」

「こら、裏同心め、言うに事欠いてわれらの身分を蔑みおったな」

「蔑む言葉など発した覚えはござらぬ」

「われら、不浄役人と蔑まれる身分じゃぞ。大名家に鞍替えができるものか」

「ともかく、それがし旧藩と関わりを持ちたくはございません」

と言い放った幹次郎が、村崎同心の傍らを抜けようとすると、

「待った。話は別にある」

と大手を広げた。

「まだございますので」

「ある」

幹次郎は黙って村崎同心を見返した。

「そなた、このところどこに行っておった」

「私用にございます」

「会所の小者金次を従えての私用か」

「七代目の命にて、金次に在所の暮らしを見せることにしたのです」

「吉原会所は実に人情味溢れた働き場所じゃな」

「ゆえに旧藩などに戻る気にはなりませぬ」

しばし村崎が幹次郎の顔を凝視《ぎょうし》した。

「南町の桑平市松もそのほうが私用と称して江戸を空けたと同じ時期に姿を見せておらぬ。定町廻り同心が江戸を離れるなど、滅多にないわ」

「ほう、桑平様も江戸を留守になされておりましたか。それは存じませんでした」

「白々しいな。そのほうと桑平は、ともに川越城下に参ったのであろうが」

「はあっ」

と驚きの声を漏らした幹次郎が村崎同心を見返し、

「なぜそれがしが桑平様に同行せねばなりませんな」

「羅生門河岸の一件よ」

同じ南町奉行所の同心だ、当然桑平が羅生門河岸の殺しの下手人を捕まえたことは耳に入っていると思えた。

「羅生門河岸と言われますと。ああ、おこうなる女郎が客を縊り殺して足抜した一件ですな」

「女郎が男に化けてこの大門を抜けたにも拘わらず会所は見逃しておる、失態ではないか。それを知らんふりで私用じゃと、おかしいではないか」

「さすがに何十年も伊達に吉原面番所の隠密廻りを務められておるのではございませんな。村崎どのの慧眼《けいがん》はすごい、すごうござる」

「桑平に同行したのか」

「いえ、われら、独自の知らせに接し、おこうと相手の男が六郷《ろくごう》ノ渡しの向こうに高飛びしたと聞かされ、箱根の先まで追いかけました。ですが、どこにもその気配はございません。諦めて江戸へ戻ったところです。そうか、桑平どのらは川越に向かわれましたか」

「そのほう、真に知らぬのか」

「全く存じません。ただし、川越はおこうの在所ゆえ会所でもその話が出ましたが、川越に戻れば当然追っ手がかかる。そんな馬鹿な話はあるまいと、われら、東海道筋を選びました。さすがに南町の桑平様ですな、で、おこうは見つかりましたか」

「そのほう、真に知らぬのか」

「知らぬとはなんでございますな」

「桑平め、川越藩の手助けで、足抜した女郎のおこうとその相手の作造を捕まえおったわ」

「おお、さすがに桑平様。われらの判断違いにございましたか」

幹次郎が悔しがる様子を村崎は訝しげに見ていたが、

「まあ、ふつうは生まれ在所は最初に目をつけるところよな。桑平め、運がよいことじゃ」

「運ではございませぬ。端倪《たんげい》すべからざる洞察力にございます。それがし、会所に無駄な費《つい》えを遣わせてしもうた」

と独白した幹次郎は、村崎同心の傍らをすり抜けて会所の腰高障子を開けた。

「お早うございます」

金次が幹次郎に挨拶した。若い衆が幹次郎と村崎の話を聞いていたことは直ぐに分かった。

「神守様、遼太が箱根土産はなにもないかと言うております」

「われら、大きな判断違いをなし、おこうを取り逃がしたのだ。土産など購う余裕があるものか」

「へえ」

幹次郎は、腰の和泉守藤原兼定《いずみのかみふじわらかねさだ》二尺三寸七分（約七十二センチ）を外すと、奥座敷に通った。

四郎兵衛と仙右衛門が茶を飲んでいた。

「少しは疲れが取れましたか」

「夜船とは申せ、行きも帰りも楽旅でございました」

「箱根に行くのに夜船はございますまい」

「いかにもさようでした」

玉藻は、幹次郎が来た様子に気づいたか、茶を運んできてくれた。

「恐れ入ります。昨日は、姉様まで遅い出勤で申し訳ございませぬ」

「なんのことがございましょう。神守様の留守の間は、いつも以上に汀女先生は働かれました。今や料理茶屋山口巴屋は、汀女先生なくしては成り立ちませぬ」

玉藻が言葉を返して座敷から消えた。

「桑平様から文が届いております。私宛てゆえ読ませていただきました」

四郎兵衛が書状を差し出した。

「なんぞ分かったことがございますか」

「およそのところ、神守様が推量したことが当たっておりました。おこうと作造は、吉原を舞台にしてひと芝居打ち、おこうが五木楼にいる間に作造が素見を装い、瓦職人の葉三郎がかなりの金を貯めているにも拘わらず、一文だって吉原に落とさないことを知ったのです。その時点でふたりは前々からの企てを実行した。寝小便を繰り返し、客の怒りが内証に向くようにした。

　五木楼では、寝小便癖のある女郎がいることが悪い評判になるというので、おこうの願い通りに羅生門河岸に落とさせた。そして、おこうが地廻りに来た葉三郎を器量と若さで切見世に誘い込み、女を知らなかった葉三郎を籠絡《ろうらく》して金の隠し場所まで聞き出した。むろん葉三郎は切見世女郎を落籍《らくせき》して女房にする気ゆえ、寝物語にすべてを話したのです。葉三郎は瓦職人ゆえ、なかなか力が強い。作造の手助けなしでは、縊り殺せない。

　切見世の出入り口はどぶ板の路地に向かって一か所だけでございますがな、作造は、おこうの父親が船大工だったゆえに叩き大工程度の技を習っておったそうな。その技で切見世の奥の板壁に人ひとりが出入りできる穴を設けて、葉三郎がおこうに夢中になっているその隙に切見世に入り込み、おこうとふたりで葉三郎を縊り殺した」

「なぜ首吊りに見せかけたのでしょうか」

「そのことは桑平様の文には触れてございません。人を殺すほど必死になった者はときにおかしなことや、余計なことを付け足すものです」

と四郎兵衛が言い、

「おこうと作造は、おこうが尼寺で二年ほどほとぼりを冷ましたあと、葉三郎から奪った百両余の金で荷足船の権利を買って、商いをする企てだったようです」

百両余の金は、尼として入った女真院の部屋の私物の風呂敷の中から見つかっていた。

「やはり川越生まれの者は川越に拘《こだわ》るのですかな」

「そうかもしれません。一連の企ては若いふたりが話し合って綿密に決めたそうですが、そうそう世間は甘くはございません」

「吉原で一番損をしたのは伏見町の五木楼ですな」

幹次郎は四郎兵衛の言葉におこうの寝小便癖に同情を寄せた桜乃に川越稲荷社のお守りを返さねば、と思い出し、おこうの運の尽きは、

「川越稲荷社」

のお守りを桜乃に贈ったことがきっかけになったかもしれない、と考えた。そして、幹次郎は、葉三郎が殺された夜、廓内の稲荷社の前で春吉が見た長半纏の

「男」は、おこうだったのだと改めて思った。

二

五木楼を訪ねた幹次郎は楼主の十右衛門、番頭の輿之助と帳場で会い、その場に桜乃を呼んでもらった。

桜乃は帳場に呼ばれたというので緊張の顔つきで姿を見せた。そして、幹次郎を見て、

(ああ、おこうの一件か)

と思ったようだ。

その場に座した桜乃に幹次郎は、川越稲荷社のお守りを返した。それを受け取った桜乃は手の中に握りしめ、

「おこうさんは捕まったのですか」

と尋ねた。

首肯した幹次郎は、三人にお裁きに差し障りのない範囲で川越での探索の大筋と結果を告げた。

三人は幹次郎の話を黙したまま聞いていたが、番頭の輿之助が、

「なんともね、吉原を虚仮にしたものだ」

と吐き捨てた。

「まだ世間を知らぬ男と女が企てた、愚《おろ》かな話です」

と十右衛門が言い、

「人ひとりの命をどう思っているのです。うちは吉原の中でも仏の主が営む楼ですよ、そんな仕打ちを受ける謂《いわ》れはこれっぽっちもございません」

と輿之助が怒りを顔に表わして応じた。

桜乃は黙ったままだ。

「桜乃、おこうから贈られた稲荷社のお守りは、そなたの身を護ることになろう。おこうに代わって大事にせよ」

「おこうさんはどうなりますので」

桜乃が尋ねた。

「町奉行所の裁きで決まる。もはやわれらの手の届かぬことだ」

と幹次郎は答えたが、おこうも作造も死罪であろうと考えた。

「仏の十右衛門どの、仏の名を下ろされますか」

幹次郎の問いに、十右衛門は首を横に振り、

「いえいえ、うちのやり方を変える気はございません」

と言い切った。

幹次郎はそのあと、七代目の四郎兵衛の供で川越藩江戸藩邸を訪ねた。藩邸は築地川《つきじがわ》を上り、虎之御門《とらのごもん》の西側の御堀端の奥、汐見坂《しおみざか》、霊南坂《れいなん》、江戸見《えどみ》坂に囲まれてあった。

船宿牡丹屋の政吉船頭の猪牙舟に乗ってのことだ。

この日、吉原会所の四郎兵衛が訪ねることは前もって知らせてあった。ゆえに八つ半の刻限、江戸家老木佐貫正左衛門《きさぬきしょうざえもん》と留守居役の奥武壱兵衛《おくたけいちべえ》に会うことが叶《かな》った。

四郎兵衛はふたりの重臣と顔見知りだ。大名家は詰めの間同士でなにかと名目をつけては会合を開く。そのようなとき、吉原が利用される。江戸家老と留守居役と四郎兵衛とは昵懇の間柄だ。

「このたびは川越城下をお騒がせ致しまして、申し訳ないことでございました」

四郎兵衛は、まず詫びの言葉を平伏《へいふく》して述べた。

幹次郎もそれに倣《なら》った。

「四郎兵衛、およその経緯は町在奉行の杉浦の知らせにて承知しておる」

と木佐貫が応じて、奥武も、

「騒ぎの因《もと》を糺《ただ》せば、川越藩の領民が引き起こしたことじゃ。吉原もこたびのことに関しては多大な迷惑を受けていよう」

「実損は別にして吉原の女郎が客を殺めるなどあっては、公儀《こうぎ》からお許しの吉原の面目に関わります。それが足抜した女郎も手助けした者も川越城下でなんとか生きて捕まえることができたのは、川越藩の、なかんずく町在奉行杉浦様方のご助勢があればこそのことでございます」

四郎兵衛は袱紗に包んで用意していた百両をそっとふたりの前に差し出し、

「些少《さしょう》にございますがお受け取りくださいまし」

と願った。

「吉原は損した側じゃが、相すまぬのう」

奥武があっさりと受け取る意思を示した。

「有難き幸せに存じます」

「それにしても瓦職人が百両余の金子を貯めておったという話ではないか」

奥武がいささか嫉妬《しっと》した顔つきで言った。

「奥武様、瓦職人として二十七年、着るものも買わず、食べるものも節約し、貯めた金子でございますよ。それを」

「わが藩の領民が殺しおったか」

「奥武様、どこにも世間知らずの愚か者はいるものでございますよ」

「そう申してくれると、いささかわれらの胸の閊《つか》えも下りる」

と応じた奥武が初めて幹次郎を見た。

「吉原会所の裏同心がそなたか」

「だれが呼び始めたか、そのようなありもしない職名で呼ばれることもございます」

「この数年、そなたの働きは吉原の外でも耳にしたことがある。杉浦もそなたの手際のよさを書状に認めてきた。屋敷奉公の武士の表芸が廃《すた》れた今、吉原のような場で剣術の技を振るうとは考えたものよのう」

「奥武様、金子が動くところには悪さを考える者も現われますでな」

と四郎兵衛が言い、

「その点、武家方は借財だらけ、といって武家方が商いに精を出すわけにもいかず、困ったことよ」

と奥武が苦笑いで応じた。

「親藩の川越藩は川越舟運を通じて江戸と固く結ばれております。遠方の大名家とは違い、内証が豊かではございませんか」

ひとしきり奥武と四郎兵衛が世間話をしてから、吉原会所のふたりは川越藩邸を辞去した。


川越藩江戸藩邸にいたのは半刻ほどだ。

七つ前には葵《あおい》坂下の船着場を政吉船頭の猪牙舟は離れていた。

「迂闊にも足抜を見逃した代償は大きゅうございましたな」

「致し方ございません。女郎が客を殺し、貯えた金子まで奪って逃げ切ったことが世間に広がることを考えれば、まあ、被害は少なく済んだというものです」

四郎兵衛は、一件落着といった顔をした。だが、四郎兵衛の表情はすっきりとしたものではなかった。

四郎兵衛は築地川へと繋がる御堀を黙したまま下っていった。

幹次郎は、なぜ四郎兵衛が川越藩江戸藩邸に自分を伴ったか、訝しく思っていた。少なくとも川越藩邸に幹次郎が従う格別な曰くはなかった。

（となると、なにか別件が控えているのか）

芝口橋《しばぐちばし》を潜った辺りで幹次郎が口を開いた。

「四郎兵衛様、なんぞ別の御用がございましょうか」

築地川に出れば、江戸の内海が待ち受けていた。猪牙舟には難儀な内海だ。

一方汐留橋《しおどめばし》の手前で三十間堀《さんじつけんぼり》に曲がり、三十間堀から楓川《もみじがわ》を抜ければ日本橋川に出て、江戸の内海を通ることなく大川に出ることができた。

そのようなことは船頭の政吉も四郎兵衛も百も承知だ。

幹次郎の問いに四郎兵衛がしばし考え、

「政吉、仙台堀《せんだいぼり》に向かってくれませんか」

と川向こうの深川《ふかがわ》に向かうように命じた。

「七代目、承知しました」

と答えた政吉の返事にどことなく得心の様子が見えた。

ふたたびの沈黙のあと、四郎兵衛が幹次郎に向き直った。

「神守様、わが恥を曝すようだが話を聞いてくれますか」

「四郎兵衛様、われら夫婦、吉原会所に、いえ四郎兵衛様に救われた者です。なんでもお申しつけくだされ」

幹次郎の返事に四郎兵衛が頷き、

「神守様は玉藻に異母弟がおるとの噂を承知しておられましょうか」

と尋ねた。

幹次郎は四郎兵衛の目を見ながら、

「噂で名だけは承知しています」

四郎兵衛は、やはりな、という顔で首肯した。

「玉藻の母親が亡くなった折りに、つい吉原の外で女を囲いました。だが、直ぐに女の魂胆を知って金子で話をつけて別れました。両人納得ずくのことです」

「その女に子がいることを四郎兵衛様はいつから承知でございますな」

「つい昨日のことです。玉藻から聞かされ、慎一郎がお父つぁんの倅なれば、吉原に引き取り、八代目として修業させませぬか、と唐突《とうとつ》に言われたばかりです。どうもね、その話……」

四郎兵衛は首を傾げた。

「慎一郎どのが七代目の血筋と分かりますか」

「ずいぶんと昔の話です。私と別れたあとに、お美紀《みき》がだれぞの子を産んだということも考えられる」

「お美紀さんから四郎兵衛様に慎一郎どのを産んだ話は伝えられたのですか」

「いえ、本人からも別の者からもございません。それにお美紀は八年前に死んでおるそうな。

お美紀の亭主は金貸しをしている笠間《かさま》の利左衛門《りざえもん》という男で、慎一郎はずっと利左衛門を父親と思ってきたようですが、お美紀が死ぬ前に慎一郎に『おまえの真の父親は吉原会所の頭取の四郎兵衛』と言い残したそうです。慎一郎が玉藻にまとわりつくようになったのは何年か前からのことです」

幹次郎は一体だれにかようなことを調べさせたのか、と訝しく思った。と同時に吉原会所の次の頭取の人材は廓内にいるだけではないとも思った。

「四郎兵衛様は、慎一郎どのと会ったことは」

「ございません」

幹次郎の問いに四郎兵衛は答えを被せるように否定した。

「なぜですか」

四郎兵衛は幹次郎をしばし凝視していたが、その視線を外し、

「たしかに慎一郎の歳からいけば、お美紀が私の子を産んでいても不思議ではあ

りません。ですが、私がお美紀と別れる決断をした理由のひとつが、お美紀には私の他に男の影があると思ったからです」

「二股をかけていた」

「私の他に少なくともふたりはいた」

「そのうちのひとりが金貸しの男ですか」

「と、思えます」

猪牙舟は三十間堀に入っていた。

ふたりは小声で話していたが、風の具合では政吉に聞こえても不思議ではなかった。だが、四郎兵衛はそのことを気にかける風はなかった。むろん船宿牡丹屋は、吉原会所と一心同体の間柄だ。だから、政吉が小耳に挟んだ話を他に漏らすことはない。

だが、ただ今のふたりの話は吉原会所の七代目の醜聞《しゅうぶん》ともいえる話だ。それを気にしていないのは、政吉はある程度この話を承知ゆえなのだと、幹次郎は思った。

「慎一郎どのは、母親が死んで数年も過ぎたころになって、異母姉の玉藻様にこの話をなぜ持ち込んだのでしょう」

「さあて、その辺ははっきりとは分かりませぬ。ですが、玉藻は、慎一郎の話を信じているようなのです」

「慎一郎どのが玉藻様に近づいたのは金をせびるためではございませんか」

「それもございましょうな」

「七代目は、それに気づかれなかった」

幹次郎の詰問《きつもん》に四郎兵衛が黙り込んだ。

「言い訳になりましょうが、私に女がいたのも事実ですし、すでに金で十数年前に片をつけた話でもあります。今ごろ私の倅が名乗り出るのはおかしい、と玉藻には言ったのですが、玉藻は私の言葉を疑っております」

「分かりました」

と幹次郎が返事をし、

「分かりましたとは、どういうことですね」

と四郎兵衛が問い返した。

「私にも七代目の推量が当たっているように思えます。慎一郎どのは、どこぞから死んだ母親が吉原会所の頭取と付き合っていたことを訊き込み、玉藻様にまず接近したと思えます。その付き合いが続いていながら、〝父親〟たる四郎兵衛様の前に慎一郎どのは姿を見せていません。吉原会所がどのようなところか承知しているのです。慎一郎どのは危ない橋を渡ってきたような男ではございませんか」

幹次郎の言葉に四郎兵衛が頷いた。

「仙台堀に、慎一郎どのが住んでおるのですか」

四郎兵衛が首肯した。

「お美紀さんと七代目が付き合っていたころのことを承知の者はおりませんか」

四郎兵衛が懐から財布を出し、

「慎一郎が住む長屋はこたび、さる者に調べさせました。また、お美紀に手切れ金の一部として渡した家の場所、それにお美紀との口利きをした口入屋《くちいれや》の番頭の名が記してございます」

と言いながら財布の中から出した紙片を幹次郎に渡し、幹次郎はそれを見ることなく懐に仕舞った。それが本日の四郎兵衛の真の用事だった。

「まず仙台堀に住む者から調べます」

「神守様に嫌なことまでお願いしましたな」

「いえ、吉原会所に関わりかねません。表沙汰にならないうちに摘《つ》んでおくべき出来事かもしれません。それがしひとりで調べます」

と答えた幹次郎は、辺りを見た。

すでに政吉の猪牙舟は、楓川に移っていた。

「慎一郎どのが四郎兵衛様とは全く関わりなく、金目当てで玉藻様に喰いついているだけの男としたら、どう致しましょうか」

四郎兵衛はそれには答えなかった。

答えがないのが答えだった。

「始末せよ」

と命じていると幹次郎は感じた。

「承知しました」

「願います」


幹次郎は仙台堀が大川へと合流する上之橋《かみのはし》の手前で下りた。

「神守様、今川町《いまがわちょう》松永橋際《まつながばしぎわ》に旅籠いろはがございます」

猪牙舟が大川へと戻る前に四郎兵衛が言った。言外に始末がつくまで吉原会所に戻るなという響きがあった。

幹次郎は四郎兵衛と政吉船頭に頷き、仙台堀の河岸道に上がった。

猪牙舟は直ぐに大川に出ると見えなくなった。

幹次郎は四郎兵衛からもらった紙片を広げた。

一番目に慎一郎の住む長屋の名が書いてあった。

今川町炭屋備前屋与右衛門《びぜんやよえもん》方家作、消し炭長屋とあった。

河岸道を歩いていくと、炭屋の備前屋の前に出た。

番頭がひとり、店番をしていた。男衆は配達にでも行っているのか、閑《ひま》そうな雰囲気が店に漂っていた。

「ちとものを尋ねる」

「なんでございましょうな」

「そなたの家作に空きはないか」

「お侍が住まわれるので」

「いや、そうではない。今川町の消し炭長屋は住み心地がよいと聞いたのでな」

「おや、だれがまた」

「博奕仲間の慎一郎からだ」

「あの御仁の仲間ね」

と番頭は幹次郎を警戒する表情を見せた。
「いや、それがしの仲間は店賃を溜めるようなことはせぬ」
「慎一郎さんも、数年前までは何月も店賃を溜めて払ってもらうのに往生《おうじょう》して
おりましたがな、近ごろはえらく金回りがよくなったとみえて、ただ今のところ
滞《とどこお》りはございません」
「それみよ。慎一郎が店賃を支払うくらいだ、わが仲間も支払いはきちんとして
おるぞ」
「ですが、ただ今空きはございません」
「それは残念かな。慎一郎を訪ねたいが、長屋は裏かな」
はい、と答えた番頭が店の裏手を指し、表に目をやって、
「この刻限ね、熊床《くまどこ》かね」
「床屋に入り浸りか。あいつ、仕事はしておらぬのか」
「博奕仲間でさようなこともご存じない。あやつの親父は、この先の恵然寺《けいぜんじ》門前
で金貸しをしている笠間の利左衛門でしてね、親父の金の取り立てをするのが仕
事といえば仕事、まあ、根っからの遊び人ですな」
と応じた番頭が、

「ああ、つい喋り過ぎた。慎一郎さんはうちの店子《たなこ》だったな、悪口を言うつもりはなかったが、あいつに泣かされた者は数知れずだ。ついつい悪口になってしまう」

と言い訳をした。

幹次郎は、番頭に教えられた熊床に向かった。

床屋は仙台堀の海辺《うみべ》橋の北詰めにあった。だが、だれひとり客はなかった。

「すまぬ、髷《まげ》を結い直してもらえぬか」

「へえ、好きなところへどうぞ」

と親方が幹次郎の腰の大小を預かり、ひとりだけいる小女に渡した。

三

一刻後、幹次郎は四郎兵衛がお美紀に別れる際に渡したという小体な家の前にいた。それは小名木川《おなぎがわ》の南側、海辺大工町《うみべだいくちょう》にあった。

黒板塀から紅葉《もみじ》の枝が表に差し掛かっていた。

お美紀は四郎兵衛と別れて三年も経たないうちに売り払ったとか。ただ今では別の者が住んでいた。

熊床の親方は、慎一郎が幼いころに住んでいたこの家を思い出してくれた。四郎兵衛が渡してくれた紙片にもこの家のことは記してあった。

とはいえ、別人が長い間住む家に訪いを告げたところでお美紀、慎一郎親子のことを知っているとは思えなかった。

幹次郎はこの家の近く、四郎兵衛とお美紀のことを仲介した口入屋を訪ねるついでに、四郎兵衛が与えた家を見に来たのだ。

口入屋は川を挟んで対岸、深川常盤町《ときわちょう》にあった。

幹次郎の風体を見た口入屋の番頭が仕事を頼みに来た形ではないとみたか、黙って迎えた。こちらも客はいなかった。

「番頭どの、二十年近く前の話を聞きに参った。手間を取らすが話を聞いてくれぬか」

「まさか二十年近く前に仲介した一件に注文をつけようというのではございますまいな」

「さような話ではない」

帳場格子から番頭が幹次郎に上がり框《がまち》にかけろと手で指図した。

「暫時《ざんじ》手間を取らせて申し訳ない」

幹次郎はあくまで丁寧な口調で願った。

「小名木川の対岸の質屋の裏手に黒板塀に囲まれた小体な家がある」

「ああ、本所《ほんじょ》の鳶の親方の妾宅《しょうたく》だ。長年、うちの得意先でね、小女なんぞを入れていますぜ」

「その家だが、ただ今の主の話ではない。その昔は美紀なる女が住んでいたはずだ」

「お美紀さんか、久しぶりにその名を聞きましたよ。美形だが根性がねじ曲がった女だったな」

と番頭が追憶し、そして、話し始めた。

「先の旦那と別れたお美紀さんは直ぐに、別の男と住み始めた。その相手の男が因業《いんごう》でね、お美紀さんが前の旦那から手切れ金代わりにもらった家を三年と住まずに手放すことになったんですよ」

「その美紀に子がいたことを承知ではないか」

「慎一郎ですか。母親に似てなかなかの男前だが、こやつは芯《しん》から悪だ。顔がいいことで女を食いものにして生き血を吸う手合いです」

口入屋の番頭はなにか慎一郎と厄介が生じたか、散々悪口を告げた。

「その慎一郎の父親が知りたいのだが、そなたは承知していないか」

「二十年近く前のことだ、私がまだ駆け出しのころのことですよ。分かりませんな、あの家を贈った旦那じゃありませんか」

となると四郎兵衛ということになる。

「そうかもしれぬ。その経緯が知りたいのだ」

番頭は考えるふりをした。幹次郎の形を見て、いくらかでも小遣いを引き出そうという表情だ。

「それがしもさる人に頼まれてのことだ。義理があるゆえ身銭を切っての訊き込みだ。これしか持ち合わせがない」

と奉書紙に包んだ二分を帳場格子越しに小机の上に置いた。ちらりと包みを見て、値踏みした番頭が、

「お美紀さんが子を産んだ折り、難産でね、この西側の深川元町《もとまち》の、産婆およね婆さんが取り上げたんですよ、およねさんなら承知かもしれませんね」

と言った。

「およね婆はいくつか」

「慎一郎を取り上げたころが四十代の半ば、ただ今では還暦を過ぎてますかね、矍鑠《かくしやく》としたものでまだ産婆を続けてますよ。元町界隈で産婆のおよねといえば知らない者はいませんよ」

幹次郎が番頭に礼を述べ、上がり框から立ち上がると、

「お侍に頼んだお方にも事情がありそうだ。およね婆さんは金を貯め込んだせいか、こちらもなかなか因業ですよ。まず最初から一両を差し出すことです。それしか口を開かせる道はございませんよ」

と忠言までして幹次郎を送り出した。

常盤町から北へと入った深川元町の、「産婆」と木札を掛けた長屋の前に幹次郎は立った。九尺二間の長屋ではない。二階建ての長屋だ。それだけ内証が豊かということだ。

「御免」

と閉じられた腰高障子に向かって声をかけると中から、どうぞ、と煙草好きか、嗄《しわが》れた女の声がした。

戸を引いて敷居を跨ぐと板の間の火鉢の前で還暦を越したとは思えない女が煙

管を口に幹次郎を見た。

「そなたの知恵を借りたい」

幹次郎はこちらへの道すがら懐紙に包んだ一両を板の間の端に置いた。すると煙管を伸ばして女が引き寄せようとするのを幹次郎が手で押さえ、

「話を聞くのが先じゃ」

と止めた。

「ちぇっ」

と舌打ちしたおよね婆と思える女が、

「用とはなんだい」

とそっぽを向いて吐き捨てた。包金に未練が残っていることを幹次郎は察した。

「そなたがずいぶん前に手掛けた仕事の一件だ」

とお美紀の名を出した。

「お美紀さんは流行病《はやりやまい》で死んだと言われているがね、流行病が原因じゃない。下《しも》の病をこじらせてのことだね」

「倅がおるな」

「慎一郎か、一端の悪だ。関わりたくないね」

およねは煙管を引いて口に咥《くわ》えた。

「そなたに迷惑は決してかけぬ」

「なにが知りたい」

「慎一郎の実の父親はだれか承知か。知らぬならば知らぬと言うてくれ。それでそれがしの用事は済むのだ」

およねは、長いこと黙考した。

「お産に立ち会ったのは、川向こうのさるお店の番頭だ、蓑蔵《みのぞう》さんといったかね。だが、蓑蔵は父親ではない」

「ほう」

「蓑蔵の主、北新堀川《きたしんぼりがわ》の船問屋の旦那、武蔵屋園太郎《むさしやそのたろう》さんだよ。だが、このふたりの間は長くは続かなかった。武蔵屋の商いが傾いて銭の切れ目が縁の切れ目でね、お美紀さんは別の旦那、金貸しに乗り換えた」

「そいつは真か」

「別れるときにすったもんだがあったから、まず間違いなかろうよ。海辺新田《しんでん》の町役人《ちょうやくにん》弥次郎兵衛《やじろべえ》さんが立ち会ったから承知だよ」

幹次郎は一両包みをおよねの前に滑らせた。器用にも煙管の雁首《がんくび》で包みを押さ

えたおよねが中身を確かめ、

「二両は入っていると思ったがね」

「昔話に二両はあるまい。一両でさえ多過ぎると思っておるのだ」

「口止め料込みかえ」

「その通りだ」

「吉原会所に凄腕の侍がいるってね」

「そんな話は知らぬな。慎一郎や、さような御仁にはできるだけ接しないことだ。それが長生きのコツと思わぬか」

幹次郎の言葉におよねが素直にも頷いた。そして、独り言を呟くように、

「今から何年か前かね、夏のことだ。慎一郎がここに来ておれの親父はだれだ、と確かめていったよ」

「そなた、応じたか」

「あの手合いには隠しごとは禁物だ。北新堀川の船問屋武蔵屋園太郎さんと答えたよ」

「その折りの、慎一郎の反応はどうであった」

「黙したまま考えていたが、この話、だれにもするでないと釘を刺して姿を消し

たよ。だが、おまえ様は最初から一両を差し出した。わたしゃ、脅《おど》しより金が好きでね」

「およね、それがしも忠言しよう。この話、一切忘れることだ」

幹次郎の話におよねが考え、

「慎一郎はなにするか分からないやね」

と呟いた。

幹次郎は、もう一度炭屋備前屋の家作、消し炭長屋に戻った。だが、慎一郎は戻っていなかった。

幹次郎は差配《さはい》の家に立ち寄り、慎一郎は読み書きできるかと尋ねた。

「あの悪がですか、ご冗談でも読み書きなんぞはできませんや」

と差配が嗤《わら》った。

「では、言づけを頼もう。それがし、今川町松永橋際の旅籠いろはにおる、会いたいと伝えてくれぬか」

「あいつと顔を合わせるのは店賃をもらうときだけにしたいね。先方だって差配なんぞに会いたくはございますまい」

「このところ懐具合がいいと聞いたがな」

「去年の秋口から景気がいいようだね、店賃も払っているもの。またぞれか女を泣かせているかね」

　と差配が呟いた。

「そなた、この土地の生まれか」

「ああ、親父の代から備前屋の差配を任されているからね」

「慎一郎の母親、お美紀を覚えておるか」

「八年前に死んだんだ、顔なら承知だよ」

「慎一郎の親父を承知か」

　幹次郎の問いに差配が、

「ああ、この話、そっちか」

　と言った。

「なんぞ承知か」

「慎一郎がおれのお袋と付き合っていた男はだれだ、知らないかと、この界隈で訊いて回っていると噂が流れたことがあった。何年か前のことかね。だがよ、だれもそんなことに関わりたくないや、みな知らぬ存ぜぬで押し通したはずだ」

「どこにもお喋りはいよう」

「うーむ」

と思案した。

「産婆のおよねさんかね」

と差配は言った。

幹次郎は、慎一郎がおよねからおのれの父親が船問屋の武蔵屋園太郎だと聞き知ったのち、武蔵屋をまず探っただろうと思った。さりながら武蔵屋はすでに潰れて、慎一郎が金を引き出したくとも一文も出ない。そこで四郎兵衛に矛先《ほこさき》を変えて、その娘の玉藻を口車に乗せて、

「四郎兵衛が父親だ」

と信じ込ませたか。

幹次郎は慎一郎に会うのが先だと思った。


いったん旅籠いろはに投宿した幹次郎は、その夜四つ過ぎに訪ねた。すると慎一郎の長屋に灯りが点っていた。

幹次郎は訪いも入れずに腰高障子の戸を引き開けた。

すっ裸の男が肌襦袢《はだじゅばん》姿の女子と絡み合っていた。

「慎一郎、邪魔をしたようだな」

幹次郎は狭い土間に入り、刀を抜くと板の間に置き、

「続けてくれ、こちらは構わぬ」

と言い放った。

慎一郎は女を突き飛ばすと、枕辺《まくらべ》に置いてあった匕首を握った。色白の細面《ほそおもて》は、美男と呼んでいいかもしれなかった。だが、五体から女の生き血を啜《すす》る手合いにありがちな冷酷《れいこく》さと不潔《ふけつ》な感じが漂ってきた。

「裸で匕首もあるまい。なんぞ身に着けよ。話はそれからだ」

「てめえはだれだ」

「ふたりだけで話がしたい」

慎一郎は女に帰れと邪険に命じた。女が慌てて脱ぎ捨てた着物を着込んで帯をだらしなく締めた。この界隈の煮売り屋の女衆か、そんな風体だった。

「慎さん、どういうこと」

女が小声で説明を求めた。

「おれが知るかえ、こんな三下《さんした》侍をよ」

慎一郎は女を追い出すと、匕首を手に幹次郎に迫った。

「やめておけ、そなたの腕ではそれがしは斬れぬ」

「てめえはなんだ」

「吉原会所の裏同心と聞いたら覚えがあろう」

「ああ、そっちの筋か」

慎一郎は手にした匕首を乱れた夜具へと投げ、どさりと音を立てて板の間に座り込んだ。

「神守幹次郎ってのは、凄腕だそうだな」

「それがしの務めは吉原に関わる諸々を解決することだ、ときに闇に葬ることもある」

「脅しか」

「おまえと違って脅しではない。口を封じるために命を絶つこともある」

「なにが狙いだ」

「おまえ、玉藻様からこれまでにいくら金を毟《むし》り取った」

「そんなことはてめえに関わりがないことだ」

「それがあるのだ。そなた、おまえの親父様は四郎兵衛様ではないことを承知の上で玉藻様を騙しておる。これまで玉藻様が姉と思い、血も繋がっておらぬ弟に渡した金子は忘れて遣わす。この一件からきれいさっぱり手を引け」

「引かぬとどうなるな」

と慎一郎が上目《うわめ》遣いに幹次郎を見た。

「そなたをこの場で始末してもいい。それがしは町奉行所と繋がりがあるゆえ、おまえの死を闇に葬り去ることに別に異は唱えられまい」

「このことを玉藻は承知か」

「いや、四郎兵衛様の指図でそれがしだけが動いておる」

「玉藻は知らぬのか」

と呟いた慎一郎が幹次郎の刀に目を落とした。

「馬鹿な考えはよせ、それがしの腰には脇差が残っておる。長屋のような狭い場所では脇差のほうが力を発揮する」

長い沈黙のあと、

「分かった」

と慎一郎が言い、

「おれが手を引けば見逃すのだな」

と念を押した。

「こたびだけは見逃す。だが、次に動けばそなたの首は胴についておらぬ」

「くそっ」

「おまえ、未だ吉原会所の恐ろしさを承知しておらぬようだ」

「分かった、と言ったぜ。帰りな。それとも念書でも書くか」

慎一郎が言った。

「おまえに文字が書けぬことを承知の掛け合いだ。口先ゆえ、次、それがしが動くときには口をきっちりと封じる」

幹次郎が明言し、慎一郎が頷いた。


旅籠いろはに戻った幹次郎は、このままではこの一件が終わらぬことを承知していた。

(慎一郎がどう動くか)

幹次郎や会所に対し、面と向かって対決はしまい。なにができるか、そのことが幹次郎には思いつかなかった。

ともかく慎一郎の動きをしばらく注視することだと思い、眠りに就いた。

その翌朝、六つ半の刻限に起きた幹次郎がいろはの囲炉裏端に行くと、

「旦那、川向こうの小名木川で人殺しだ」

といろはの男衆が幹次郎に言った。

「なにがあった」

「産婆のおよねさんが殺されて、部屋が荒らされていたそうだ」

(しまった)

と思った。

まさか慎一郎がそう早く動くとは思わなかった。

「殺しのあった長屋を見てくる」

と言い残した幹次郎は、深川元町のおよねの長屋に急ぎ足で向かった。

四

その夕、幹次郎は神田川《かんだがわ》の柳橋《やなぎばし》と浅草橋の間に泊められた屋根船の中にいた。

慎一郎が「姉」の玉藻を呼び出すとき使う、船宿夕凪《ゆうなぎ》を見張るためだ。

深川元町の長屋に住むおよねは、鋭い刃物で喉を抉《えぐ》られて殺されていた。長屋

の住人が逃げ出す男の風体が慎一郎と似ていると証言したそうな。

およねが殺されたのを確かめたあと、幹次郎は、四郎兵衛と南町定町廻り同心の桑平市松に文を持たせた使いを立て、事情を告げていた。

およねを殺したのが慎一郎ならば、高飛びするための路銀が要る。慎一郎が頼りにできるのは玉藻と思えたからだ。

柳橋に最初に姿を見せたのは、船宿牡丹屋の船頭政吉だった。

「神守様、汀女先生によると、玉藻様は夜見世前に料理茶屋を訪れるとよ」

「慎一郎が玉藻様に連絡《つなぎ》をつけた様子はないか」

「それはなんとも言えないそうな。なにしろ玉藻様は忙しい身だ。それに大勢の人と会うからね、慎一郎とどんな方法で連絡をつけ合うのかだれも知らないからな」

「姉と弟」が会っていた事実は、料理茶屋山口巴屋の料理人正三郎《しょうざぶろう》と汀女が承知していた。そこで四郎兵衛は、政吉の屋根船を柳橋上の下平右衛門《しもへいえもん》町《ちょう》の船着場近くに着けて待つ手配をした。これで慎一郎に知られずに幹次郎が潜む拠点ができたことになる。

昼過ぎ、屋根船に桑平市松が姿を見せた。船頭の政吉が声をかけて桑平が屋根船に入ってきた。

「裏同心どの、なんとも多忙じゃな」

「こたびの一件、桑平どのの力は借りたくなかった。だが、慎一郎が産婆のおよねの口を封じたとなると、そなたの力を借りざるを得まい」

屋根船の中で幹次郎はすべて桑平に話した。

夕凪の出入りは、政吉が見張っていた。

桑平にこれまでの経緯をすべて告げた。話を聞いた桑平が、

「吉原会所の七代目にそんな弱みがあったか」

と呟いたものだ。

「玉藻様は慎一郎をなぜか異母弟と信じ込んでおる。あやつ、〝姉〟の玉藻様からそれなりの金子を引き出しているはずだ」

「吉原のようなところに関わりのある者は、得てしてだれよりも男と女の機微《きび》を承知しているつもりでいるからな。意外と慎一郎のような男の言葉についついころりと騙される。そなた、慎一郎に会ったのだな」

桑平が話を進めた。

「正直、女は騙せても人まで殺せる男とは考えもしなかった」

「上手《じょうず》の手から水が漏れることもあるか」

と応じた桑平が、

「慎一郎はおよねの家で家探ししたが、銭は見つけられなかったらしい。家探しの最中におよねの家に来訪者があった。近くの長屋の女房の陣痛が始まったゆえ、亭主が呼びに来たのだ。ために慎一郎はおよねの長屋の裏庭に飛び下りて逃げておる。そなたの話を聞いて、やはり最後に頼るのは玉藻だろうな。そなたが動いているのだ、危険は承知で金を引き出すために玉藻を呼び出すのは五分と五分かね」

と探索の進捗《しんちょく》状況と、自らの推量を述べた。

「慎一郎は玉藻様のふだんの暮らしを承知だ。おそらく動くとしたら昼下がりの刻限から夜見世前の間だろう」

幹次郎の考えを聞いた桑平が頷くと、また話柄を転じた。

「川越の一件だがな、おこうがすべてを白状した。作造のほうはしたたかで、知らぬ存ぜぬと必死で責めに堪えているが、早晩喋ろうな。葉三郎を縊り殺したのはおこうと作造のふたりで、声を立てないように葉三郎の顔に座布団を押しつけて、作造が首に縄をかけて殺したそうだ。おこうの話だ」

「おこうにも厳しい沙汰が下りましょうな」

「殺しを手伝い、百両もの金子を奪い取っているのだ。作造が首謀者としても軽くて遠島か、あるいは死罪の沙汰も十分ある」

と桑平が答えた。

「桑平どの、それがしが願ったこと、南町ではお聞き届けくださるか」

「葉三郎から奪った金の一部を五木楼の桜乃にあげられぬかという話だな。葉三郎に身寄りはない、三月ほど待ってだれにも葉三郎の貯めた金子を相続する権利がなきときは、二十両程度はその女郎の身請け代に出してもよいとお奉行が申されたそうだ」

「よかった」

幹次郎がひとつだけ明るい話を聞けたと思わずそう漏らした。

時がゆっくりと流れていく。

七つ半（午後五時）過ぎ、政吉船頭が、

「玉藻様が駕籠で着きましたぜ」

と屋根船のふたりに小声で告げた。

幹次郎と桑平は、屋根船の障子を細く開いて表を眺めていた。

春の日が西の空に傾きかけて残っていた。

さらに時が流れ、夕焼けが空を覆った。

柳橋に着流しの男が立って船宿の夕凪を見ていた。

慎一郎だ。

もはや六つ（午後六時）時分だ。

吉原の引手茶屋山口巴屋の女将の玉藻は当然、吉原に戻っていなければならない刻限だ。だが、玉藻は「弟」を待っていた。

一瞬、幹次郎が目を離した隙に慎一郎の姿が消えていた。

さらに時が流れた。

船宿夕凪の船着場に猪牙舟が着き、出迎えの男衆に客がなにごとか告げた。

慎一郎だ。

「参る」

と幹次郎が桑平に声をかけ、宵闇の神田川沿いに船宿夕凪の船着場に歩み寄った。

「慎一郎、いつまで私を待たせるつもりなの。私がこの刻限忙しいのは分かっているはずよ」

玉藻の声が響いたとき、慎一郎は幹次郎に気づいていた。

「くそっ、裏切ったか」

慎一郎が吐き捨てた。

「玉藻様はなにも知らぬことだ」

幹次郎が慎一郎に告げ、

「神守様、なんでこんなところに」

と玉藻が訝しげに言葉を漏らした。

「玉藻様、こやつはそなたの異母弟ではござらぬ。全く血の繫がりなどなき悪たれでござる」

「神守様、いくらなんでも私の身内のことにまで嘴《くちばし》を突っ込まないでくださいまし」

と玉藻が血相を変えて幹次郎を詰《なじ》った。

「それがそうもいかなくなった」

南町定町廻り同心桑平市松の声が加わり、慎一郎を神田川沿いの上下から挟み込んだ。

「どういうことです、お役人」

「こやつ、自分を取り上げた産婆のおよねの口を封じるために殺しましてな。つまりおまえ様の親父様が親でないことを承知の上の所業なんですよ。玉藻さん、そんな野郎なんですよ」

と桑平は答え、

「慎一郎、神妙にしねえ、お上《かみ》にも慈悲がないわけじゃない」

と諭すように言った。

「畜生」

慎一郎は、桑平と幹次郎を交互に見て、懐から匕首を抜いて逆手《さかて》に構えた。

「慎一郎、その匕首で産婆の喉頸《のどくび》を刎《は》ね斬ったか」

「それがどうした」

桑平に喚いた慎一郎がいきなり身を翻《ひるがえ》すと、猪牙舟に飛び移り、思わぬ展開に茫然《ぼうぜん》と立っていた船頭に匕首を突きつけて、

「おい、吉原の用心棒、この船頭の命をもらってもいいんだぜ」

と喚いた。

そのとき、河岸道に立っていた玉藻が、

「慎一郎、やめなされ！」

と叫んだ。

「うるせえ、持ってきた金を投げな」

と慎一郎が叫び、

「慎一郎、おまえは私の異母弟ではないのですか」

と玉藻が質した。

「吉原と浅草寺門前町で引手と料理茶屋を二軒も持っているから、ちっとは勘がいいかと思ったが、鈍い女だぜ」

と慎一郎が吐き捨てた。

幹次郎と桑平は、じりじりと猪牙舟の慎一郎との間合を縮めていた。だが、船頭の首筋に匕首の刃がぴたりと押し当てられていた。

どうにも動きようがなかった。それにまだ距離もあった。

慎一郎も逃げ場を失っていた。

「よし、船頭、棹を差して大川へと猪牙を出せ、下手な真似すると、てめえの首筋を掻き斬るからな。おれにとっての正念場だ、ひとり殺すもふたり殺すも同じこった」

慎一郎が嘯《うそぶ》き、船頭が体を震わせながら屈み込んで棹を摑んだ。

慎一郎は己の体を船頭に寄せて匕首はぴたりと首から離さず、桑平も幹次郎も動きがつかなかった。

船頭が棹を差そうとした瞬間、下流から静かに上がってきた屋根船が猪牙舟の舳先にいきなりぶつかった、いや、政吉船頭の屋根船が静かに忍び寄り、猪牙舟に軽く体当たりしたのだ。

屋根船と猪牙舟では、大きさも重さも違った。

猪牙舟が、

ぐらり

と揺れて匕首を船頭の首筋に当てていた慎一郎の体が前のめりに揺らぎ、匕首も虚空へと離れた。

その瞬間、幹次郎は脇差を引き抜くと逆手で投げ打っていた。奥山の出刃打ち女芸人直伝の投げ技が見事に胸に決まり、

ううっ

と叫んだ慎一郎は、猪牙と船着場の間の神田川の水へと落下していった。

ふうっ

と桑平の声がして、幹次郎が、

「政吉父つぁん、助かった」

と礼を述べた。

「仲間を助けただけの話よ」

と答えた政吉が、

「神守様よ、船頭の真似ごとをしてくんな」

と自分は屋根船から岸辺に跳んで、茫然自失している玉藻の傍らへと行った。

「玉藻お嬢様よ、吉原まで送っていきますぜ」

と玉藻が幼かった折りに呼んでいた呼び名で誘うと、手を握って屋根船に連れてきた。

真っ青な顔をした玉藻は幹次郎と目を合わせないようにして屋根船に乗り込んだ。

幹次郎は棹を政吉に渡すと、ふたたび河岸道に戻った。

桑平が猪牙舟にへばりつくように浮かんでいる慎一郎の襟首を摑んで、船着場に引き上げようとしていた。

幹次郎は胸に刺さった脇差を抜くと、桑平といっしょになって慎一郎を引き上げた。

ふうっ
と桑平が息を吐き、

「やっぱり裏同心どのは、われら、先祖代々お情けで同心を務めさせてもらった者とは比べようもないな」

「なにがですな」

「果敢なる判断と実行力じゃ」

「非情と申されますか」

「いや、そうではない。われら、覚悟が足りぬと言うておるだけだ。こやつ、どうせお白洲《しらす》で問い糺せば次々に悪事が露見《ろけん》しよう。産婆を殺し、女から金を巻き上げ、船頭にした仕打ちだけでも十分に死罪に価する。それを裏同心どのが手間を省いてくれたのだ」

と言った桑平が、

「あと始末はそれがしに任せよ」

と幹次郎に言った。

検視の場に神守幹次郎がいないほうが始末も差し障りなくつくのだろう。

「お願い申す」

幹次郎は血振りをした脇差を手拭いで拭い、鞘に納めた。

帰り道、幹次郎は浅草寺門前町の料理茶屋山口巴屋に立ち寄った。今宵も料理茶屋は賑わいを見せていた。

汀女は座敷から座敷を飛び歩いて、客に挨拶などして回っていた。

幹次郎は料理場が望める帳場に腰を下ろした。

帳場にも汀女が認めた絵入りの短冊があった。幹次郎が詠んだ、

緋桃咲く　時節を待ちて　ひな生まる

の駄句だ。だが、汀女の手跡《しゅせき》で絵入りだと、なんとなく立派に見えた。

「神守様、珍しゅうございますね」

料理人の正三郎が幹次郎に言った。

「吉原もこちらと同じく忙《い》しかろう」

と応じる幹次郎に茶を淹れてくれた。

「あら、どうしたのですか」

汀女は座敷回りが一段落ついたのか、帳場に戻ってきた。

「ときにな、姉様の顔が見とうなってな」

「驚いた。幹どの、なにがございました」

帳場と料理場には、夫婦と正三郎の三人しかいなかった。

「わっしは明日の仕度をしてきます」

と夫婦の話に遠慮したか、正三郎が料理場へ出ていこうとした。

「そなたも話を聞いてくれぬか」

と正三郎を帳場に残した。

「なんでございましょうな」

思い当たることがあればひとつのはずだが、といった表情で、正三郎が帳場に
腰を落ち着けた。

「玉藻様のことだ」

「玉藻様がなにか」

「姉様、玉藻様は無事だ」

幹次郎はそう言うと、昨日からの話をふたりに聞かせた。そして、

「この一件、未だ七代目にも報告しておらぬ。玉藻様が衝撃を受けておられたゆ

え、それがしより政吉船頭に任せたほうがよいと思うたでな、任せた」

と最後に言い訳した。

しばらく座に沈黙が漂った。

「幹どの、玉藻様はしばらくは胸の内が落ち着きますまい。ですが、利口なお方です。四郎兵衛様の命もそなたの所業もきっと理解してくれましょう。しばらく時を貸してくだされ」

幹次郎は頷いた。

正三郎が姿勢を正すと、

「神守様、嫌な思いをなされましたな。そのおかげで玉藻様が救われました。わっしは、神守様にいくら感謝しても足りません」

と頭を下げた。

「正三郎さんや、そなたに礼を述べられる謂れがあろうか。それがしは、それがしの務めを果たしただけだ」

「へえ」

と正三郎が応じたが、頭を下げたその体がわなわなと震えていた。

その夜、幹次郎は吉原に戻ることはなかった。

汀女といっしょに柘榴の家へと帰ったからだ。

黒介は主夫婦がふたりで戻ってきたことにいつもより甲高《かんだか》い声で、

みゃうみゃう

と鳴いて喜んだ。

幹次郎は、遅い夕餉の仕度ができる間、囲炉裏端で黒介を膝に抱いて、酒を呑んだ。

「正三郎さんがなぜ幹どのに礼を述べられたかお分かりですか」

と着替えを済ませた汀女が囲炉裏端に来て尋ねた。

「主の危難《きなん》を救ったと思われたからであろう」

「それだけではございますまい」

うむ、と杯を手にしばし沈思した幹次郎は、

(そうか、玉藻様を慕《した》っておられるのか)

と思い、

「身近なことには人というもの、気づかぬものじゃな」

と呟き、汀女が、

「玉藻様は直ぐに元気になられましょう」

と言い切った。

静かに春の夜が更けていった。

二〇一六年三月　光文社文庫刊

光文社文庫

長編時代小説

始《し》　　末《まつ》　吉原《よしわら》裏《うら》同心《どうしん》(24)　決定版

著者　佐《さ》伯《えき》泰《やす》英《ひで》

2023年3月20日　初版1刷発行

発行者　三宅貴久
印刷　萩原印刷
製本　ナショナル製本

発行所　株式会社　光文社
〒112-8011　東京都文京区音羽1-16-6
電話　(03)5395-8149　編集部
8116　書籍販売部
8125　業務部

ISBN978-4-334-79467-5　Printed in Japan

組版　萩原印刷